MOURIR EST UN ENCHANTEMENT

"Domaine français"

DU MÊME AUTEUR

CÉRÉMONIE, Actes Sud, 1999 ; Babel n° 533.

© ACTES SUD, 2017
ISBN 978-2-330-07558-3

YASMINE CHAMI

Mourir est un enchantement

roman

ACTES SUD

pour mes fils

pour mes parents

en hommage à mes grands-parents

Le vent se lève!... Il faut tenter de vivre!...

PAUL VALÉRY, *Charmes*,
"Le Cimetière marin".

Dans un jardin sur une table

La photographie est en noir et blanc, et c'est la magie de cette gradation du noir mat, légèrement passé, au blanc touché d'une pointe d'ivoire, qui donne à l'instant ainsi retenu une sorte de solennité douce, comme si ce qui était soustrait à l'oubli par l'objectif méritait de l'être. Le grain est légèrement visible, le jardin semble un peu poudreux, et l'ombre des cyprès étirée s'arrête miraculeusement aux pieds de l'élégante table de jardin blanche en fer forgé. Certainement, une photographie en couleur aurait laissé paraître çà et là les atteintes de la rouille déparant la ligne en volute des pieds de la table posée à même la terre fraîchement retournée. C'est sûrement le printemps, il y a une sensation de lumière, et les rosiers grimpent en fleur le long des colonnes de la terrasse derrière eux. Sara est penchée sur le cliché, elle se souvient encore de ce pull de coton ivoire parsemé de cœurs minuscules, d'un rouge de Chine disait sa mère, et cette évocation d'un monde lointain la faisait immédiatement voyager. Elle disait toujours à Sara "ton corsage avec les cœurs rouge de Chine", comme si décrire autrement la couleur des cœurs imprimés eût été un manquement à la profondeur de ce rouge dense comme une laque asiatique. On remarque le motif minuscule, les cœurs semblent gris, d'un gris soutenu, cendre, et l'ivoire du pull est un peu brumeux. La porte-fenêtre du salon jaune qui donne sur la terrasse est entrouverte, et un voilage s'échappe vers le jardin, transparent comme un calque à la blancheur à peine menacée par le contre-jour qui le teinte d'une nuance perlée. Ils sont derrière, un groupe de jeunes adultes pleins de lumière et d'ombre, lointains et tutélaires, occupant avec assurance les divans profonds, riant et s'exclamant ; les verres en cristal taillé jettent sur la table basse encombrée de coupelles débordantes d'olives et d'amandes des éclats coupés ; chemisiers ajustés à col pointu, pantalons pattes d'ef, les pères sont incroyablement jeunes, pris dans ces années pleines de rêves prêts à être écrasés. La mère de Sara est penchée sur la platine, Sara croit la voir, son fin visage aux yeux clairs, la paupière noircie, les cheveux lissés, et les inévitables sandales à hauts plateaux pour élancer une silhouette déjà menue. Elle fait face à sa sœur, la tante de Sara, assise sur un petit fauteuil crapaud, ses longues jambes minces ramenées sous elle ; l'ombre de ses cils recourbés effleure ses pommettes, sa tante a toujours cette élégance intemporelle un peu inquiète. Les grands-parents de Sara aussi sont jeunes, à peine vingt ans de plus que ses parents, une fin de cinquantaine bien portée, sa grand-mère, Mamie, trône dans la bergère, très belle, ronde comme les actrices des années cinquante, le sourcil droit levé dans un faux questionnement aristocratique. Le grand-père de Sara, Papi, n'est pas avec eux, il est sorti respirer après une discussion politique brûlante, ce sont les années de fièvre, quelques jours avant le coup d'État de Skhirat, les intellectuels sont presque tous marxistes, la monarchie est à la fois portée et bousculée par la certitude de ces jeunes nationalistes diplômés des meilleures écoles françaises qui pensent que l'avenir leur appartient, qu'il faut construire la modernité du pays. Les femmes sont en robes au-dessus du genou, celle de la tante de Sara a un motif géométrique orange et marron, la mère de Sara porte un pantalon ajusté et un collier en cuir tressé avec un médaillon en or et améthyste un peu baroque ramené par son mari d'un voyage en Suède. Les verres sont pleins d'un whisky ambré, qui songerait à s'en indigner ? Dans le salon, les amis de ses parents, de sa tante aussi, la sœur cadette de sa mère, et de son mari, des ingénieurs, des médecins, un psychiatre… Bien sûr, toutes ces choses ne sont pas sur la photographie, mais comment Sara pourrait-elle vraiment se souvenir d'eux quatre sans évoquer les jeunes gens insondables dont ils dépendaient alors ?

Ceux qu'on voit sur le cliché un peu jauni aux bords c'est eux ensemble, cette petite tribu d'enfants disposés presque en ordre décroissant, on sent une tentative pour les aligner devant l'objectif, mais un vent de bousculade pointe dans la posture des corps à la fois immobiles et prêts à s'ordonner selon des affinités connues d'eux seuls.

Jad est à côté de Sara, ses cheveux raides et noirs encadrent une frimousse claire fendue de grands yeux sombres ; plus petit de taille, deux années le séparent de sa cousine, et ce n'est pas rien, Sara a huit ans, Jad en a six et se tient très droit, légèrement incliné vers elle, à gauche sur la photo, à droite dans la vie. À sa gauche dans la vie, perché sur la table comme les autres, Ghali, le frère de Sara, sa longue frange châtain et blonde cache en partie des yeux dont la prunelle oscille entre un vert de taillis et un miel bruni. Mais on ne voit pas de couleurs sur la photo, juste une légère clarté qui le nimbe. La sœur de Jad, Mya, la plus petite d'eux tous, a le bras levé. On l'a placée devant les trois autres, au bord de la table, ses yeux immenses mangent un visage expressif, elle porte une robe chasuble dont Sara, là, croit se souvenir, et ses collants blancs tirebouchonnent le long de ses petites jambes de casse-cou. Tout est déjà là… Même Maria, la petite cousine toute neuve de Sara, dans son berceau, minuscule et sereine. Elle n'est pas avec eux sur la table, mais c'est peut-être pour elle qu'ils sont réunis ce jour, c'est certain, pas son baptême non bien sûr, la mère de Sara et sa tante seraient en caftan de soie légère, les cheveux en chignon, des escarpins à bouts pointus et fins talons aux pieds. Mais sans doute un bonheur léger de rassemblement autour du bébé endormi là-haut… Sara ne se souvient pas vraiment, mais elle a en elle l'exaltation sèche de cette journée de printemps pas encore suffisamment tiède pour qu'ils soient débarrassés de leurs cardigans. Elle est penchée sur cette image que les autres ne se rappellent peut-être pas ; c'est drôle comme aujourd'hui cette image d'eux est importante. Ce n'est pas parce qu'elle sait qu'elle va mourir. Cette saleté qui l'envahit ne lui laisse sans doute pas beaucoup de temps, le mal du siècle auquel elle n'a pas échappé. Penchée ainsi sur ce qu'ils ont été, comme s'il y avait dans la remémoration d'eux sur cette table une clef pour tout ce qui va suivre, c'est la réalité de ces sensations si précises en elle qui la submergent. La jupe en velours dont l'élastique à la taille produisait sur sa peau un grattement perceptible à elle seule, si bien que toute sa vie elle arrachera les étiquettes des vêtements, froissera entre ses doigts les tissus pour s'assurer de leur douceur, des secondes peaux impalpables pour envelopper la sienne, à fleur d'écorchure, le regard goguenard de Jad devant les matières souples, les teintes poudrées ou brumeuses, son ironie tendre, il l'appelle encore la princesse sur un pois... Qui sait si elle ne trouvera pas dans toute cette douceur une force si ancienne que la mort ne pourra que reculer. Mais ce n'est pas ce qui importe aujourd'hui, enfin pas tout de suite. Aujourd'hui Sara essaie de retrouver ce sentiment unique d'invulnérabilité, ils sont là sur cette table au bord du temps, derrière eux les jeunes dieux tiennent le monde dans leurs mains : leurs parents sont naïfs et égoïstes comme eux-mêmes ne le seront jamais. Souvent elle se demande ce qui leur a manqué à eux, les enfants, pour s'installer au cœur de leurs vies, ils ont été si soucieux de ne pas manquer d'égards à ces parents trop jeunes, de leur laisser croire qu'ils étaient toujours au centre, invulnérables, hors du temps. Il est vrai que leurs parents n'ont pas songé à transmettre à leurs descendants un relais précieux ; peut-être fallait-il avoir la force de l'arracher.

Il a manqué à Sara, comme aux autres perchés sur la table en fer forgé, une forme de prédation qui semble être au cœur de la vie même ; une jungle, pense-t-elle. Ce qui les a rendus singulièrement inaptes à mener les guerres qu'ils ont jugées sans noblesse. Un dédain aristocratique dans un monde où l'aristocratie est condamnée à l'extinction ; elle déraille un peu, Sara, elle s'accroche à un monde où l'estime de soi était liée à une attitude, c'est ça, un monde où les causes humaines, les livres, la musique, avaient un poids; elle s'en souvient comme d'elle-même, elle avait alors ce sentiment d'être bien au centre, au cœur du monde, aujourd'hui, elle est à la marge, il y a une tolérance irritée pour son entêtement à évoquer les émotions, la fragilité des êtres, une violence nouvelle est entrée partout, avec la puissance devenue presque infinie de l'argent, l'arrogance des nouveaux possédants, être ou avoir, Sara a choisi son camp depuis si longtemps, non sans colère, mais là sur la photo, ils sont tous ensemble, pas de solitude, pas encore… Sur la photo, Sara a les yeux profonds sous une frange droite. Bien campée sur ses jambes émergées de la jupette en velours beige. Jad et elle sont très légèrement appuyés l'un sur l'autre, Sara a le pied droit un peu en avant. Aujourd'hui elle le pense, les enfants qu'ils étaient alors savaient fragiles les jeunes gens si beaux dans le salon jaune, suspendus dans ce moment illusoire où rien ne comptait tant que ce qu'ils désiraient que le monde soit. Ces enfants ont eu besoin de l'illusion de la force de leurs aînés plus que tout. Bien sûr, au moment de la photographie, ils sont tous pleins de force, le temps est à venir; sur la table blanche dans le grand jardin, le monde est à eux.

Dans quelques jours, mais qui pouvait le prévoir alors, leur monde va commencer son très lent basculement, dont ils sont encore aujourd'hui les spectateurs lucides. Au cœur d'une fête qui devient sanglante en quelques secondes, sous les yeux incrédules d'une jeune élite de technocrates enivrés du sentiment de leur fortune, le monde ouvert et naïf de leur petite enfance connaît son ébranlement le plus décisif. Le palais de Skhirat devient le théâtre macabre d'une célébration qui donne à leur jeunesse un goût de cendre. Après, Sara s'en souvient, les réunions familiales deviendront légèrement différentes, on discutera à voix plus basse, une inquiétude au fond des yeux. Bien sûr, il y aura toujours des fêtes, mais certains noms seront prononcés dans un chuchotement. Il faudra choisir son camp ; sur la photographie déjà le temps des contradictions joyeuses s'éloigne.

Plus tard, Sara entendra son père évoquer l'horreur des corps qui basculent dans la vaste piscine du palais de Skhirat, dont l'eau transparente s'est teintée de rouge sous les yeux incrédules des invités célébrant l'anniversaire du jeune monarque. Il évoquera devant l'adolescente imaginative le poids du corps d'un compagnon mort, les coups de feu qui claquent, et le sentiment d'irréalité qui enveloppe l'espace d'une seconde les participants qui ont cru à une farce. Plus tard, certains ont évoqué avec complaisance la fuite du roi caché dans les toilettes du palais. Sara imagine son effroi, sa colère aussi, le sentiment de méfiance irréversible, la solitude du pouvoir qui ne l'a plus quitté.

Sara sent contre son corps la chaleur sèche de celui de son fils, Salim est entré silencieusement, comme un chat, avant d'enlacer sa mère, ses longues jambes d'adolescent emmêlées dans les siennes, il lui sourit avec une tendresse inquiète qui lui remue le ventre, comme une grossesse, constate-t-elle les yeux brillants, il devient ce jeune homme fin, profondément bienveillant, il vient de ce que nous sommes, de cette bataille pour que ce qui subsiste de ce monde derrière la photo perdure, une foi dans la beauté…

"Tu es loin", le reproche est tendre. "À quoi penses-tu ? Raconte-moi…"

"Je m'éloigne, mon chéri, mais c'est pour mieux revenir vers nous. Surtout je ne veux pas te perdre, je me retourne à chaque détour pour m'assurer que tu es bien là, tant que je suis là moi, dans ma bataille probablement perdue.

Nous sommes donc tous les quatre sur cette table en fer forgé blanc, ton oncle, mes cousins et moi, une table de jardin si élégante qu'elle aurait pu trouver sa place dans un vestibule sans le déparer. Je fais des liens qui peuvent te sembler abusifs, mais cet ensanglantement au bord de l'océan est entré dans nos vies de manière si évidente que nous avons parfois oublié de le regarder les yeux grands ouverts. Un prétexte à laisser surgir une violence féodale, qui préfigure les grands enfermements. Je ne te parle pas des enfermements politiques, il y a eu là-dessus une glose suffisante, disparitions en tous genres, liquidations, enfermements inhumains… Les années de plomb, où toute l'ivresse de la pensée a disparu au profit du carcan de l'allégeance. Mais nous, mon amour chéri, nous avons senti le repli de nos jeunes dieux, un retour impossible au monde ancien déjà effacé en partie. Piégés entre deux rives, est-ce là qu'ils sont devenus fragiles ? Tu ne peux pas te souvenir, juste un jour évoquer ce que je te raconte aujourd'hui – ton frère tarde, tu ne trouves pas ? – à la télévision, et il n'y avait alors qu'une seule chaîne, la préhistoire comme tu dis, le présentateur officiel, toujours le même, je l'appelais le petit homme jaune, disait les nouvelles, l'anxiété rongeait ses orbites creusées sous un maquillage impuissant à dissimuler l'ombre bleue des cernes... Les déplacements royaux, les voitures qui roulaient sur les tapis déployés, la foule massée en liesse obligatoire le long des routes... et le ton du journaliste, solennel, exalté, une nuance de triomphe épuisé dans la voix. Tu souris, ton iPhone comme une extension de ton corps te relie au monde, comment imaginer un tel enfermement..."

Est-ce là qu'eux, les enfants, ont accepté de ne pas vivre au centre, devant cet apparat déployé dont émergeait un homme si seul que même son ombre ne le précédait pas ? La vie est devenue compliquée, Sara sentait sa mère et sa tante suffoquées, leur jeune féminité malmenée. Peut-être une intuition de ce qui l'attendait, à la veille des transformations si radicales de l'adolescence, qui faisaient alors rentrer les filles dans l'ère du soupçon parental, tout signe d'éveil sexuel sévèrement réprimé... Une famille ouverte à la littérature, l'opéra, le blues, sa grand-mère est française, son grand-père est tombé amoureux très jeune de ses yeux bleus comme une mer un jour d'été, mais le paradoxe est entier, c'est lui qui leur a transmis l'amour des livres, la poésie, récitant *Le Cimetière marin* à table, la poésie de Rimbaud, les vers de Racine... Un humaniste, horrifié par la réduction des croyances religieuses à une vénération superstitieuse. Sara se souvient des sarcasmes de son grand-père pendant les années de sécheresse, au moment de l'organisation des prières collectives pour la pluie... Elle évoque souvent devant ses fils la colère de leur arrière-grand-père devant les génuflexions empressées des dignitaires du régime, penchés sur la main du sultan tendue avec une lassitude manifeste, l'échine courbée pour durer. "Des relents de féodalité, disait-il excédé, on n'en sort pas." Mais le corps des filles demeurait l'objet d'un sévère gardiennage, il était le lieu de tous les fantasmes d'honneur patriarcal. Sur la photographie Sara a huit ans, mais trois ans après, elle commence à quitter le territoire préservé de l'enfance, son corps hésite, s'arrondit par endroits, se creuse à d'autres. Ils sont tous les quatre au bord de la mer cette fois, dans le cabanon blanc de Témara. Elle est en couleur. Ils ne sont plus perchés sur une table mais grimpés sur le muret dos à l'Atlantique, les corps brunis par le soleil, Sara porte un maillot deux-pièces fleuri rouge et blanc, ses jambes se sont allongées, et ses cheveux raides lui arrivent au milieu du dos ; Jad a toujours sa frimousse d'enfant, les autres aussi, mais tous sont un peu étirés, et les couleurs de la photo leur confèrent une vitalité éclatante. Cette fois Maria est avec eux, mais un peu excentrée, assise par terre avec un seau et une tortue en plastique. À droite, il y a l'ombre de la table ronde où leurs parents sont rassemblés sous un grand parasol. On ne les voit pas sur la photographie, mais ils sont là, Sara ne sait plus s'il y a des boissons fraîches ou un grand goûter sur la table, sa tante a passé une robe dos nu à fleurs sur son maillot, ses cheveux châtains méchés par le soleil. Ses belles mains veinées aux ongles laqués en rouge dansent entre cigarettes et briquet en argent. Sa mère est assise en face d'elle, très blonde sous le soleil. Elle ne sourit pas, ses traits doux sont un peu figés, a-t-elle commencé à souffrir ? Le mari de sa tante est déjà à moitié absent, Sara ne se souvient pas, mais sa tante est à fleur de peau et son sourire est légèrement ironique. Son père est en face de sa mère, à peine décalé vers la gauche. Tous sont là, mais on sent déjà l'absence des présents… Peut-être que ce sont les âges de la vie, ces failles inévitables dans les couples, cette distance imperceptible qui s'installe et rend tout un peu plus incertain. Quelques-uns semblent traverser la vie dans la certitude de leur lien, parfois au prix d'un aveuglement, d'un refus de tout ce qui peut ébranler leur construction ; Sara pense à son couple qui n'a pas survécu à l'arrivée des enfants, sans douleur aujourd'hui, juste une tendresse pour la jeune mère fragile qu'elle était alors, inaugurant la réalité devenue si banale des familles monoparentales ; Jad et Mya ont suivi, se séparant à leur tour de conjoints dont l'amour enfantin n'a pu passer le cap de la maturité. Seul Ghali résiste, installé dans une vie qui reproduit quasi à l'identique les idéaux cossus de stabilité de leurs aînés… Sara ne veut pas penser à tout ce qu'elle n'a pas partagé avec son frère, ses questionnements à elle sont entre eux comme une menace, les liens sont si forts qu'une trop grande proximité entame les édifices des uns et des autres…

Sur cette photo, Sara le voit bien aujourd'hui, c'est si clair, sa mère et sa tante ne rient plus aux éclats, elles ne reconnaissent plus ces jeunes gens épousés dans l'ivresse des premiers émois, au fond deux jeunes étrangers, transportant en eux le monde profond et féodal de Fès, qui leur est si peu familier. Elles sont comme deux oiseaux ravissants, fins et mélodieux, posés sur une branche improbable. Leur mère, Mamie pour Sara, a toujours travaillé, élégante, autoritaire, elle a grandi à Paris dans une famille catholique, la guerre, une enfance aux côtés d'un père très aimé, grand géant blond dont elle a hérité les yeux d'un bleu sans concession. C'est le grand-père de Sara qui a transmis à ses filles puis ses petits-enfants l'Europe, sa culture, la musique, les textes de Racine à Thomas Mann, le regard désenchanté de Stefan Zweig sur un monde qu'il ne reconnaît plus avant ce choix du suicide au Brésil. Comment choisir de vivre quand tout nous est devenu si étranger, quand on appartient au monde d'hier, interrogeait-il, justifiant le choix de l'écrivain.

C'était peut-être aussi des années particulières, le pays s'était fermé, l'État était policier, il n'y avait plus de place pour la contestation, les débats, il fallait adhérer, c'était un mot d'ordre, la pensée était chuchotante, avant de devenir muette. Les années soixante-dix aussi étaient révolues, avec leur légèreté exubérante, Joan Baez, le blues, Joe Cooker, étaient remplacés par les chants patriotiques de la Marche verte, et une fièvre de retour aux sources identitaires. Le ministère de l'Intérieur était tout-puissant, les élus du régime bénéficiaient de privilèges insensés, la corruption s'installait. Sara se souvient d'une frénésie sexuelle chez les hommes qui attristaient leurs mères, un monde dont elles sentaient les effets sans en maîtriser les causes. La petite tribu d'enfants percevait sans doute sans la comprendre cette tristesse qui nimbait leurs mères, ils ont été des adolescents si sages, leurs corps se sont transformés en silence, ils ont appris à ne pas les écouter…

Sara a mis très longtemps à entrer dans sa vie, si longtemps occupée de sentir résonner en elle celle de ses aînés ; et la voilà peut-être sur le point de quitter cette vie, au moment où elle commence à s'éprouver pleinement vivante. Comment s'appelle ce film de Woody Allen, Mia Farrow y jouait le rôle d'une jeune femme un peu effacée, sage et presque inexistante, gérant les soubresauts de ses parents terribles, si égocentriques, aux prises avec leur couple en crise permanente, au fond plus solide que tout ? Sara ne sait plus comment l'histoire se termine, sans doute parce que au fond peu importe le destin de cette jeune femme absente à elle-même, elle s'est rendue coupable de ne pas savoir exister. Aujourd'hui, Sara ne sait pas ce qu'elle a manqué, gérant avec une tendresse et une compassion de mère les errances de ses aînés, entravée par leurs écarts pour vivre les siens. Elle ferme les yeux parfois, elle n'a pas cinquante ans, y a-t-il des vies dont subsisterait autre chose que des fragments d'instants lumineux, une mémoire vive, quatre enfants sur une table en fer forgé qu'un photographe capture juste avant que chacun ne reprenne sa course au milieu des grands arbres ?

Ce qui nous lie

Sara est très malade. Jad est au supermarché, occupé à rayer méthodiquement de la liste qu'il tient de sa main gauche le fromage blanc qu'il a enfin trouvé pour Ghislaine, son aînée, soucieuse d'observer une nouvelle diète dont il sait par expérience qu'elle durera quelques jours au plus. Jad est un père pudique et débordant d'une tendresse lucide pour ses trois enfants, inquiet des conséquences de sa séparation d'avec leur mère ; toujours ce fond de culpabilité, comme si l'échec de son couple pouvait lui être sévèrement reproché. Un juge en lui s'agite et provoque ces serrements de cœur qui se traduisent par des colères brusques aussitôt retombées ; c'est génétique, dit Sara dans un rire, la culpabilité et les colères sans conséquence. Tant de choses en nous appartiennent aux autres... Elle est comme ça, Sara, elle aime penser que tout s'explique, qu'il suffit de comprendre, de repérer la chaîne des causes pour abolir l'ombre du hasard ; comme dans le monde ancien où chacun était prémuni contre le risque par un savoir social, les origines, les trajectoires familiales, des anecdotes enfermant chacun dans une définition intangible. Un monde où ce qui arrive est prévisible, inscrit dans les histoires sues de tous, et où la grande affaire est de se tenir au plus proche des siens pour éviter ce qu'on ne peut maîtriser. Le reste appartient à ce Dieu qui écrit chaque page de la vie des hommes. Bien sûr Sara n'est pas si naïve, au fond, elle sait comme on écrit les belles histoires, au prix de quels subterfuges, mais il y a en elle un espoir enfantin, têtu, qui se refuse à admettre la brutalité du hasard, son arbitraire qui parfois anéantit. Son cousin, lui, n'a jamais éprouvé aucune fascination pour ce monde ancien où les enfermements tenaient lieu de destin.

Jad arrive devant les caisses, il y a dans ce vaste supermarché la même tristesse qu'à Paris, quand, étudiant, Jad arpentait les allées de victuailles, emplissant son chariot, avant de sortir seul sur le bitume, ses sachets à la main. Il secoue la tête, ce sentiment de vacuité grise ne lui a jamais appartenu, c'est Sara qui l'appelait à la rescousse, sa voix claire traversée d'une hésitation, un peu honteuse de ne pouvoir affronter seule la mélancolie de ces déambulations dans les dédales de la grande surface de Montparnasse : faire les courses ensemble, dis, c'est mieux ? Je te rejoins si tu veux... Jamais il n'a pu lui dire non, sans voix devant cette vulnérabilité enfantine. Mais non, pas vulnérable, des fois tu ne comprends rien, la voix de Sara chantait un peu, je les vois ces petits vieux accrochés à leur filet à provisions, avant ils remplissaient de grands chariots, des tablées une fois rentrés chez eux, et puis le vide se fait lentement, tu comprends ? Je les vois avec leurs images anciennes dans la tête, ils savent qu'ils vont finir dans un mouroir, Oh, Jad, c'est terrible ce monde qui avance sans égard pour ceux qui n'ont plus la force. Je ne vivrai pas ici, ils sont trop lucides, d'une lucidité qui confine au cynisme, plus aucun espoir. Elle s'était tournée vers lui ce jour-là, quand exactement, la mémoire de Jad flanche, ils avaient vingt ans au plus, vive, elle l'est toujours, Sara, une flamme, mais depuis quelques mois, un léger voile atténue ses gestes, il l'a senti sans y prêter attention, une remarque, peut-être qu'elle aussi va commencer à vieillir, un temps il lui en a voulu de cette foi naïve, l'idée que tout s'arrange pour finir, tout finit en ordre, une sorte de justice définitive, Sara ma chérie, arrête de croire. Mais elle, têtue, comme si la mort n'existait pas, comme si tout n'était pas au fond si dérisoire. Tout à l'heure il va rentrer chez lui, ranger pour la millionième fois les provisions dans les placards, méticuleux, Jad, l'ordre des objets est un bouclier contre le désordre du monde, cette fantaisie chez Sara, une désinvolture, les livres feuilletés posés au bord d'une table, une tartine d'enfant qui traîne dans une assiette, les fleurs penchent un peu la tête, elle rit, de l'eau, du sucre, et demain elles seront magnifiques mon chou, mais lui, Jad, il n'a pas besoin d'attendre demain pour voir tomber les premiers pétales, et là c'est pareil, il la voit, Sara, ses yeux profonds creusés dans quelques mois… Quand elle l'a appelé pour lui annoncer, tu es le seul à savoir pour l'instant, comme si le fait de le lui dire rendait la maladie certaine, il la connaît si bien, menue face au diagnostic. Elle le savait sans doute déjà, au fond, une baisse d'énergie, un visage un peu creusé, elle a toujours eu cette lecture subtile des signes, Sara, il déteste son intuition, elle dit, non, non, il suffit de voir, en plissant drôlement son nez, Jad, comment ne sens-tu pas tout ça, devant les grandes surfaces, ces allées blanches, les boîtes empilées pour nourrir ceux qui achètent, je pense, c'est terrible, je suis déformée par toutes les données que j'avale pour ce concours, je pense à cette minutieuse organisation de toutes les machines de mort en Europe tout au long de leur histoire, j'adore tellement déambuler à Paris sous les tilleuls, il y a les marronniers du Luxembourg, cette merveilleuse librairie ouverte jusqu'à pas d'heure à Saint-Germain, tu sais, là, dans ces allées grises je sens la détresse de leurs guerres, quel rapport avec leur nourriture empilée, je n'en sais rien, plus rien de vivant dans tout ça.

C'était il y a combien… Vingt-cinq ans au moins. Et là, il y a quelques jours, cinq au plus, son téléphone a sonné, il a vu son nom clignoter, Sara, une journée harassante à l'hôpital, toute sa vie est une lutte contre la mort des autres, son service est un modèle, un combat de chaque seconde pour renverser le cours implacable du manque d'éducation, de la misère, de l'absence de moyens; une médecine de crise permanente, où l'ennemi n'est pas seulement embusqué dans le corps de ses patients, mais au cœur de l'amateurisme nonchalant du personnel, du sentiment d'impuissance et de fatalité qui régit la vie de tous. Il a noté "rappeler Sara", puis rentré chez lui, dans le nouvel appartement impersonnel où il a emménagé après son divorce, abandonnant à Lili le confortable deux cents mètres carrés aux sofas ventrus, tentures soyeuses, où règnent sur d'anciens guéridons les photographies de sa vie familiale perdue, il s'est avisé que Sara n'avait pas rappelé, qu'elle n'avait pas envoyé de messages pour lui signifier qu'elle avait besoin de lui; il s'est servi une bière, allongé sur le divan au design contemporain, tendu d'une sorte de flanelle sèche, grise, d'une reposante sobriété. Une halte. Les nouvelles à la télévision, chaque jour les images d'une guerre différente, l'Ukraine après la Syrie, le monde est en convulsion permanente, à nouveau de jeunes djihadistes à l'écran, une lassitude devant le vocabulaire stéréotypé des médias occidentaux pour dire la folie qui traverse un monde arabe harassé par des décennies de dictatures militaires, des revendications identitaires dénuées de l'indispensable travail sur l'histoire et les sources, la violence des prédations européennes puis américaines. Jad ne reconnaît rien de leur monde à eux dans ces descriptions hâtives, qui désignent à la vindicte de tous des populations marginales et déracinées, la jeunesse sans avenir des banlieues européennes.

Mais il retrouve quelque chose de sa révolte devant les conséquences de croyances si tranchées qu'elles n'exigent rien de ceux qui les endossent, devenant les habitants d'un monde manichéen dont ils n'ont pas les clefs. Il se souvient avec tendresse des propos de leur grand-père, dans la maison blanche de l'enfance : pas de maître sans esclave, pas d'esclave sans maître. Il faut être ensemble dans cette dialectique pour raconter une histoire qui s'écrit dans le sang des victimes, il faut une lecture commune qui crédite et assoit les ignorances tragiques. La foi profonde de Jad est personnelle, défiant toute tentative d'intégration, elle requiert une conformité de chaque instant à une morale exigeante, un humanisme pratiqué chaque jour. Il a depuis l'enfance la conscience de la solitude de chacun, perception renforcée par sa pratique de médecin qui lui rappelle sans cesse les limites de l'assistance qu'il peut procurer aux autres, de sa bonne volonté et de son savoir si expérimental, dans un exercice qui en exacerbe parfois la vanité.

Le téléphone a sonné à vingt et une heures, une fois, il a décroché, elle a retenu son souffle à l'autre bout du fil, à quelques kilomètres de lui dans sa maison claire pleine de livres et de photos de ses fils, oui, c'est moi, elle a tout dit, des douleurs un peu lancinantes ces derniers mois, une fatigue, bref, tu as compris, la grosse tuile. Confirmée par une biopsie. Elle n'a attendu personne, Sara, il l'imagine sans peine, ses cheveux châtains encadrent un visage que le temps n'a pas alourdi, à peine griffé par les rides du rire. Je vais me battre, j'ai besoin de toi. Quatre mots et le voilà rangé sous les drapeaux, une sacrée bataille, celle-là, plus dure que toutes celles qu'ils ont traversées. Il fallait bien que cela leur arrive un jour.

Ce qui agace Jad, c'est cette manière qu'a Sara de recomposer indéfiniment l'histoire qu'ils ont vécue, il y a un vertige à l'écouter, tantôt elle unifie le récit dans un écoulement si lisse qu'il semble que tout était déjà si prévisible que ce sont eux, Sara, Ghali, Jad, Mya et Maria qui ont manqué de clairvoyance, dans une cécité aux signes présents depuis l'enfance. Tantôt elle raconte des histoires multiples, hésitantes, déroulées dans la confusion, qui se croisent à la faveur de certaines occasions mais sont davantage disjointes qu'imbriquées. Une fois c'est l'histoire de leurs grands-parents, Papi et Mamie, leurs histoires séparées avant l'amour qui les a liés d'une façon si définitive et imprévisible, qui sont à l'origine de ce regard légèrement excentré qu'eux, leurs petits-enfants, ont sur ce qui arrive, une autre fois, c'est une disposition intérieure, une défiance que les cinq cousins ont face à toute forme d'adhésion aux évidences conçues par d'autres qui sont causes de cette marginalité qui les tient au bord de l'inscription de ce qui organise les évolutions à venir. C'est un fait, les histoires que raconte Sara ont quelque chose à voir avec le sentiment constant d'une impossibilité à adhérer, sauf momentanément et de façon très occasionnelle, à des professions de foi collectives. Mais n'est-ce pas le propre de sa génération, issue de ce monde si ouvert quinze années après l'indépendance, bercée par les discussions politiques de leurs parents, engagés dans la construction de la modernité du Maroc... Sara rappelle parfois à son cousin les longues soirées auxquelles Jad et elle n'assistaient que partiellement quand Jad, en vacances chez sa tante, la mère de Sara, une fois le bain terminé, frictionné à l'eau de lavande, les cheveux sagement lissés, traversait à la suite de sa cousine vive comme un feu follet le long salon aux sofas soyeux, aux guéridons anglais, Oum Kalsoum pleurait les amours défuntes, odeurs de coûteux parfums français, les femmes étaient si belles, volutes de cigarettes et de cigares de Cuba mêlés, le monde divisé en deux par l'interminable guerre froide, il y avait la question de la gestion technique de l'eau dans un pays qui connaissait des sécheresses pas encore conjurées par le rituel spectaculaire des prières collectives, celle de l'industrialisation, l'opposition de la gauche et des conservateurs sur la question de l'arabisation, Sara faisait durer les baisers reçus de tous, "une poupée, elle est si jolie", sa mère acquiesçait d'un mouvement de tête léger, "vraiment?" Sara se laissait câliner aux bords de ce monde mystérieux et profond où elle était tolérée, et une fois remontée à l'étage, revenue à regret dans la pièce claire largement ouverte sur la terrasse qui tenait lieu de séjour familial, loin des fastes de la réception qui réunissait les adultes, à nouveau elle retrouvait le mystère des livres disposés dans la grande bibliothèque qui envahissait les murs, Franz Fanon, *Les Damnés de la Terre*, Doris Lessing, *Le Carnet d'or*, Simone de Beauvoir, *Le Deuxième Sexe*, Edward Saïd, Mahmoud Darwich… Jad rejoignait alors Ghali, le frère de Sara, pour une partie de football en chaussettes, menée clandestinement au fond du jardin à l'abri des grands arbres, éclairés par les spots disposés au pied des troncs. Le chant rauque d'Oum Kalsoum traversait les ombres de la terrasse, mêlé aux voix sonores de leurs parents, aux rires et aux tintements des verres sur les tables basses.

S'il fait nuit

Dans sa maison claire le jour, douce la nuit, Sara écoute la fine peur qui monte. Les corps de ses fils étalés de part et d'autre du sien dans le séjour aux larges divans sont un rempart contre l'ennemi tapi qui travaille patiemment à sa perte. Elle ferme les yeux pour imaginer la vie en son absence définitive dans la maison lumineuse qu'elle a inventée pour eux trois. Son esprit est si prompt à susciter en elle les images du passé, ou bien celles de ses fils devenus adultes qu'elle projette parfois, un rire de fierté anticipée dans la gorge, submergée par les vagues d'un amour si puissant qu'elle s'efforce de le contenir, par précaution, dans une crainte superstitieuse que son bonheur à découvert ne provoque une réponse négative de l'univers… Mais là son esprit ne lui envoie qu'une surface lisse et noire, brillante, une photographie impossible, l'œil de l'objectif n'a retenu aucune image négative, et ne peut donc rien restituer.

Et là, maman, que se passe-t-il ? Pourquoi tonton Ghali est-il en costume, et tonton Jad aussi, et toi, je te reconnais, tu es plus belle maintenant, mais ne t'inquiète pas, tu étais jolie ; c'est juste que je ne sais pas, je préfère aujourd'hui, la voix de Salim, son fils aîné, est moqueuse, il ouvre les paumes de ses mains grandies depuis quelques mois et en enveloppe le visage de sa mère, dans un geste d'une infinie tendresse qui corrige le sarcasme léger contenu dans sa voix d'adolescent qui mue, passant de l'aigu au grave sans crier gare. Sara se penche sur cette photo sortie d'un des grands sacs de toile où elle a entassé pêle-mêle les images de son passé fracassé par le père de Salim et Younes quand il a décidé de quitter la vie qu'ils avaient construite ensemble pendant dix-huit ans ; fracassé déjà, pour être honnête, qu'y a-t-il de plus fracassant que l'enfance quand elle passe, Sara et son frère adoraient lire ensemble après le bain *Les Aventures du capitaine Fracasse*, le jeune baron de Sigognac si seul dans son manoir en ruine, et là, merveille, une troupe de comédiens débarque et voilà qu'il décide de suivre la belle Isabelle dont il tombe si amoureux... Pour finalement revenir restaurer son château avec la comédienne aristocrate devenue son épouse... Peut-on faire autrement que restaurer encore et encore les châteaux en ruine de l'enfance, se questionne Sara, offrant à son fils un sourire.

Elle se souvient, il y a eu ce soir de décembre, dans la merveilleuse pièce réservée aux soirées pleines de rires et de réflexions qui contenaient le monde, sa mère et sa tante si belles, son père et son oncle, leurs amis, Oum Kalsoum, Farid el-Atrache, la *Symphonie de l'Empereur*, l'*Hymne à la joie* de Beethoven et les *Variations Goldberg* de Bach, les gouttelettes rondes et transparentes de chaque note suspendue dans l'atmosphère chaude et parfumée comme un délice de plus que Sara accueillait en elle, la respiration suspendue elle aussi, minuscule dans un recoin, ne pas se faire remarquer, si quelqu'un la voit c'en est fait de l'enchantement, il faudra obéir aux adultes et remonter dans sa chambre, il est si tôt l'heure de dormir quand on est enfant, c'est toujours quand les fêtes commencent que les adultes s'avisent de la présence incongrue des petits. Mais ce soir-là, les bruits que Sara a entendus dans la nuit obscure ne sont pas des bruits de fête ; elle a six ans, peut-être pas tout à fait. Son cœur bat fort, quelque chose sanglote dans la grande maison, des craquements, Ghali dort dans le lit à côté du sien, tourné du côté droit, là où ne se tapissent pas les lutins maléfiques qu'il convoque avant de dormir, riant devant la terreur partagée de Sara, "ils viennent la nuit quand tu dors, ils te pincent, partout, tu ne peux rien contre eux", et avec ses petites mains il chatouille sa sœur à en perdre le souffle, elle crie "pouce, pouce", mais Ghali n'entend pas le signal de la trêve, "à ton tour, maintenant c'est toi les lutins", et il se prépare à rire, le souffle retenu avant le déclenchement de l'offensive, et Sara prend son temps, il rit puis s'impatiente puis rit à nouveau dans l'attente ; Sara rejouera ces jeux, plus tard, dans l'invention de l'amour avec ses fils, Salim et Younes, leurs petits pieds charnus dans ses mains, chatouillés après une course folle dans la maison, si je t'attrape je serai sans pitié, et la folie des cris aigus de fausse peur, des rires entrecoupés de "pouce, pouce, maman", et tournent les jours de l'amour infini.

Ce soir-là, elle a peut-être cinq ans finalement, elle est encore très petite, elle ne réveille pas Ghali et descend seule le grand escalier froid et noir, son cœur cogne loin jusqu'à ses pieds nus. La maison obscure est pleine d'ombres mouvantes, à travers la large fenêtre de l'escalier ; dans la clarté indécise de la lune entrée par effraction, dansent les ombres projetées du large cyprès, familier le jour. Ses pieds encore si menus glissent sur les tapis chatoyants, mais elle ne distingue pas les couleurs subtiles dans le noir, fraîcheur alternée du sol de marbre brut, et là à l'entrée du grand salon sombre où seule brille la veilleuse de la bibliothèque, insuffisante à éclairer la longue pièce où règnent, les jours de réception, les rires et les exclamations des adultes, les voix amples et profondes des Égyptiens mythiques qui chantent l'amour et ses extases perdues, la légèreté des concerti de Mozart ou la puissance théâtrale de la Callas interprétant Verdi, là, à l'orée de la vaste pièce où se déroule le cérémonial complexe de la sociabilité adulte, où Sara et Ghali n'entrent jamais sauf pour "dire bonsoir", une fois leur bain achevé, propres et rayonnants, fleurant bon l'Eau de Cologne extra-vieille, Sara ne distingue pas vraiment ce qui se passe, le déshabillé soyeux de Maman luit dans l'ombre, ses minces épaules secouées de tressaillements incompréhensibles, sa chevelure blonde brille un peu, des sanglots étouffés, Papa parle d'une voix véhémente, Maman tente de se lever, mais elle retombe sur le sofa qui garde la trace des corps engagés dans une lutte dont émergent quelques cris étouffés, "je ne peux plus, non, non, je ne peux plus", Maman gémit, c'est une plainte désespérée dans le noir, Papa semble désemparé, il est si grand, "maman", Sara appelle, la voix étouffée, Maman se redresse, Papa aussi, elle sent leurs regards dans la pièce à peine éclairée, "va dormir, Sara, que fais-tu debout à une heure pareille, va dormir".

Ce que ça coûte de descendre l'escalier la nuit, pour comprendre ce qui pleure dans une maison… Qu'est-ce que Maman ne peut plus pouvoir ? Et elle aujourd'hui Sara, qu'est-ce qui ne peut plus en elle et fait dérailler son corps, souple et doux au dehors, quelle histoire impossible s'inscrit dans sa chair retournée, là où s'origine le monde, cette rondeur brillante et caverneuse qui donne la vie et la menace de mort aujourd'hui, de quel prix va-t-elle payer son refus de protections incertaines qui en échange demandent de faire semblant de s'incliner, ruser, manipuler, jouer entre les lignes, les mots, séduire, flatter, bref intégrer le sérail des femmes qui mènent la sale danse de la fausse soumission et des pouvoirs malfaisants.

En rentrant de l'école, Sara s'asseyait contre sa mère, ou à côté d'elle, il y avait toujours des livres sur la table basse, Vita Sackville-West, Doris Lessing, Nadine Gordimer, des livres qui disaient la façon dont les femmes luttaient contre ce qu'on voulait faire d'elles, mais aussi des livres qui analysaient d'autres formes de domination et d'oppression, des enquêtes sur la prédation de l'Afrique, de ses richesses, par les nations européennes, des biographies de chefs d'État ou de personnages historiques, mais encore Francis Scott Fitzgerald et son personnage Gatsby, Foucault, son *Histoire de la folie*… Les titres étaient une inspiration pour Sara, très vite elle a osé ouvrir les gros volumes, cognant son esprit aux lignes vivantes. Avec toujours, la même question, peut-on ne plus pouvoir, pourquoi, oh, pourquoi, quel chemin échoit à qui fait ce constat si définitif ?

Sur la photographie que Salim tient dans les mains, Sara a quinze ans, elle a presque quitté le territoire de l'enfance, elle est debout et porte un caftan de soie d'un bleu glacé, Ghali a quatorze ans, il est en cravate, un blazer bleu marine de cérémonie donne à son corps adolescent une solennité figée, l'ombre d'un duvet souligne sa bouche sur laquelle flotte un sourire narquois, Jad est à côté de Ghali en chemise blanche et fin gilet de mérinos gris perle, il a treize ans, ils sont agenouillés devant leurs sœurs toutes trois disposées en bouquet pour la photo. Mya est vêtue d'une robe caftan lilas, elle a douze ans, ses traits enfantins rayonnent devant l'objectif, elle cache dans sa main droite passée derrière son dos quelque chose que Sara, penchée avec Salim sur le cliché, ne peut distinguer. Maria, la benjamine, nichée contre Sara, est une petite fille ; son corps turbulent est très momentanément au repos contre les plis soyeux du caftan de Sara, à gauche sur la photo. Sara se souvient précisément de ce qu'ils fêtent alors tous réunis sur la terrasse. Le reflet bleu de la pelouse est dru et velouté. Papi arrose à la tombée du jour, taille les rosiers à l'aube, plante les pois de senteur, les pivoines, les capucines dans les parties ombreuses du jardin, veille jalousement à l'éclosion de la glycine, le "tour du jardin" est un rituel impossible à esquiver, chaque plant, chaque arbuste, chaque arbre majestueux a une histoire racontée avec la même ferveur, c'est toujours une première fois, Mamie et lui partagent cette joie de planter, de voir éclore les fleurs, croître les jeunes pousses, et rayonner les animaux familiers.

À gauche de la terrasse, l'orchestre de musique arabo-andalouse de Rabat, en version réduite, cinq ou six musiciens, s'installe pour marquer la joie de la famille mais préserver l'intimité de la fête, faisant crisser les pieds des chaises sur la mosaïque blanche et noire du salon dont un pan de mur est occupé par la majestueuse bibliothèque du grand-père de Sara. Les rayonnages en noyer miel portent les ouvrages lus et relus, Marx et Engels, Edward Saïd, Camus, Sartre, Nizan, Thomas Mann, Zweig, mais aussi des auteurs presque disparus de la mémoire collective, Paul Bourget, André Maurois, Julien Green, Jules Vallès, Roger Martin du Gard. Sara se revoit adolescente, paresseusement emportée par les analyses de la complexité de l'âme humaine, le questionnement des liens si subtils entre le Bien et le Mal, la rédemption et la grâce… les poètes de prédilection de Papi : Valéry, Rimbaud, Mallarmé, et tous les livres d'histoire dont il raffole, l'histoire de l'Europe, celle du Maghreb, les décolonisations, la théorie du non-alignement, la Palestine, les dictionnaires de l'Islam, l'histoire de l'Empire ottoman… Ce jour-là son grand-père maternel revenait de son premier pèlerinage à La Mecque, Sara sourit et Salim rejoint par Younes s'approche encore un peu plus, les prunelles dilatées, ses fils attendent, comme quand enfants elle inventait pour eux des histoires à tiroirs, sans jamais perdre le fil du récit, étonnée elle-même de sa propre cohérence, alors même qu'en elle et autour d'elle son monde volait en éclats. Elle cueille le sourire tendre de Younes, une offrande, il y a dans son corps bruni par le soleil, sa jeune chair tendue et souple, une énergie rayonnante qui la traverse, une vigueur contagieuse. "Ça a commencé par une série de rêves que Papi nous racontait à chacun séparément, et qui faisaient le tour de la famille, des rêves marqués par le retour de ses morts dans la maison de son enfance, là-bas à Tlemcen, où les cerises étaient si noires et les fraises si juteuses. Il a fait un rêve sous un arbre, un appel, voilà ce qu'il a dit, il y avait deux tourterelles qui volaient au-dessus de sa tête, elles l'ont guidé jusqu'à une fontaine, et là, sa mère l'attendait avec pour lui un sac de voyage. Elle a embrassé son fils, il s'est senti enveloppé d'un amour sans limite, elle lui a souhaité bonne route et s'est éloignée petite et lumineuse. Au réveil, votre arrière-grand-père est tombé dans une profonde mélancolie. Il passait ses journées assis dans sa chambre, les rideaux tirés. Il y avait dans un tiroir de larges bandes sonores, et sur le mur de gauche, près de son lit, une installation pour les écouter. Sur les bandes sonores, il avait enregistré au cours de repas de famille, vingt-cinq ou trente ans auparavant, la voix de sa mère, Zaza, mon arrière-grand-mère. Je ne l'ai pas connue, mais j'entends encore résonner sa voix rieuse, un peu traînante, aux accents étirés. Elle dit le nom de son fils et les syllabes emplissent sa bouche comme une friandise, une tendresse chaude et grondeuse, et tout de suite ce rire de jeune fille qu'il a immortalisé, terrifié par l'intensité de la perte qui l'attendait le jour où elle ne serait plus. Les larmes coulent sur les joues de Papi, allongé dans la fraîche pénombre de la pièce. La voix de Zaza emplit la chambre, une femme qui rit pour l'éternité, apostrophant sa petite-fille, votre grand-mère, pour qu'elle mange. Nourricière et enfantine à jamais, Zaza, telle que son fils la pleure, vivante dans son cœur de vieil homme.

Toujours est-il que Papi a entendu l'appel, et nous l'a fait savoir, partageant avec nous la nécessité impérieuse de ce pèlerinage annoncé si clairement. Vous vous souvenez de lui peut-être… Vous aviez trois ans quand il est mort ; mais c'est une autre histoire, que je vous raconterai plus tard. La difficulté pour Papi était de nous faire partager la nécessité de ce voyage, de cet appel, après nous avoir prévenus intellectuellement contre les dangers politiques de la ferveur religieuse. Je me souviens comme si c'était aujourd'hui de son regard inquiet lorsqu'il citait Marx, "la religion c'est l'opium du peuple mes enfants", pas marxiste Papi, mais profondément convaincu de la nécessité d'une répartition équilibrée des richesses ; ce qui me manque le plus dit Sara tournant vers ses fils son regard où brille une paillette au fond des prunelles sombres, c'est son amour pour les humains, plus fort que tout. Aucune illusion sur les errances des uns et des autres, aucune attente, se souvient-elle, mais toujours au fond, il y avait en lui cette certitude qu'on pouvait trouver en chacun quelque chose de bon.

C'est vrai, il y avait chez Papi cette foi dans l'humanité des humains. Salim effleure la main de sa mère, "toi aussi, maman, et parfois, tu m'énerves, ça te rend naïve".

Finalement, poursuit Sara, ignorant la remarque de son fils, Papi est parti pour le pèlerinage, nous l'avons accompagné à l'aéroport, nous tous, ma mère, ma tante, Mamie bien sûr, un peu perdue de le voir surmonter ses appréhensions de ce retour aux sources, et surtout entamer seul un voyage intérieur dont elle soupçonnait peut-être qu'il serait le dernier, et tous les petits-enfants ; et nous sommes revenus le chercher deux semaines plus tard. La fête que vous voyez là sur la photographie, c'est pour célébrer son retour.

Une fête… Sara a trouvé son grand-père inchangé, il est revenu lumineux, le regard clair, ancré dans une foi profonde, d'autant plus fervente que l'expression en était toute neuve. Le rituel des ablutions et de la prière s'est ajouté à tous les autres, l'arrosage à l'aube de la pelouse et des parterres de fleurs, la revue de la presse quotidienne juste après le petit-déjeuner, l'écoute alternée des journaux d'informations à la radio, pour recouper les analyses, les informations télévisées prodiguées par les chaînes francophones et arabophones, après le déjeuner et la sieste, la musique, classique, le plus souvent, face au jardin, et la lecture ; quelques ouvrages de théologie se sont ajoutés aux textes plus anciens, et surtout une relecture historique et approfondie des écrits qui ont accompagné le développement des trois religions monothéistes. Mais il n'a pas changé d'avis sur les monarchies pétrolières du Golfe, moyenâgeuses et dangereusement prosélytes.

Bien évidemment, le retour de son grand-père maternel de La Mecque a marqué une nouvelle étape de son cheminement, et Sara comme Jad y ont vu une manière de renouer le fil d'une enfance passée à l'ombre des murs protecteurs de la maison de Zaza. Comme toujours, il a partagé avec les siens les conséquences de cette immersion spirituelle ; avec la même ferveur enfantine qu'il mettait à leur transmettre son amour des idées, sa peur de la mort, la fougue de ses jugements politiques, il a entrepris de les initier aux mystères de la révélation, aux tribulations du prophète, et à l'exégèse des textes par ses compagnons. La question de l'au-delà et l'appartenance à une communauté humaine et spirituelle l'ont accompagné tout au long des quinze années qui le séparaient alors de sa mort; mais il ne le savait pas.

Le jardin des délices

Sara plonge la main dans le vaste sachet de toile où les photos sont entassées dans un désordre qui brouille la chronologie ; elle n'a jamais réussi à les ranger dans des albums, tout le plaisir vient de cette pioche aléatoire, qui convoque le temps sans repère en dehors de sa mémoire que chaque image rencontre, suscitant un déroulement imprévisible que sa main aveugle amène à la lumière.

Ils sont seulement quatre sur le cliché en couleur, un Polaroid instantané, ce qui explique que les enfants soient ainsi saisis en plein mouvement, sans qu'une pose figée vienne assagir et lisser leurs expressions, ni leurs jeunes corps turbulents ; Maria était alors trop petite pour faire partie de l'expédition, elle ne figure donc pas sur cette photographie-là… Sara est vêtue d'une jupette bleue détrempée et d'un chemisier blanc à manches ballon en coton léger, les cheveux ramassés en une queue de cheval haute, Ghali et Jad arborent tous deux un bermuda et une chemisette à manches courtes, les genoux et les mollets de Ghali, ses espadrilles de toile claire sont souillés d'une humidité marron ; Mya émerge de la voiture en salopette de coton orange, deux petites nattes encadrent son visage mutin, qu'elle cache en partie de son coude relevé, sans doute pour dissimuler un fou rire. Les trois autres enfants sont tout juste descendus un peu penauds de la Renault 16 de Papi ; Ghali est tombé dans le lac de la partie asiatique du jardin, entraînant sa sœur avec lui, ils se sont enfoncés ensemble dans l'eau alourdie de vase gluante sous le regard horrifié de leur grand-père. Sara se souvient de cette visite des jardins exotiques de Bouknadel, peut-être est-ce sa tante qui a pris ce cliché étonnant de vie ; son grand-père furieux y apparaît drapé dans une dignité explosive ; comme tous les samedis, ce jeune grand-père – il a tout juste cinquante ans, quand Sara atteint sa dixième année – a imaginé pour la petite tribu une sortie à la fois délassante et pédagogique. Le jardin exotique, comme tous l'appelaient alors, est un lieu d'expédition privilégié. Il adorait déchiffrer pour ses petits-enfants, sur les pancartes, les inscriptions savantes qui mettaient à la portée d'un public profane les noms latins des plantes et des espèces animales qui composaient les serres et le vivarium du jardin. Chaque visite en ces lieux correspondait à la découverte d'une atmosphère végétale, d'un pays, la forêt amazonienne, l'Asie centrale, les forêts du Congo, la Chine, les jardins andalous… Pour l'enfant que Sara était alors, comme pour son frère et ses cousins, ce jardin était un enchantement : conçu par un ingénieur horticole français en 1950 avec une minutieuse rigueur, le projet du jardin consistait à offrir aux visiteurs un parcours fléché plein d'aventures, ponts suspendus, labyrinthe, montée d'aspérités rocheuses et glissantes de mousse et d'humidité, grottes de pierre où brillaient les yeux jaunes des batraciens échoués sur les pierres lisses, étangs à la surface tapissée de nénuphars éclatants. Sara, son frère, Jad et Mya ne se lassaient pas d'en arpenter les dédales ruisselants, guidés par l'autorité bienveillante de leur grand-père transformé en chef d'expédition. C'est dans ce jardin que Sara a découvert les fleurs tropicales, charnelles, si différentes du jasmin odorant, des liserons délicats, du mimosa et de la glycine déployée en grappes violettes. Elle effleurait à la dérobée les corolles épaisses, aux couleurs éclatantes, aussi denses que les feuilles des arbres les plus vigoureux, étonnée de ne pas rencontrer la fragilité soyeuse des roses ou la délicate résistance des camélias nacrés auxquels elle caressait ses joues pendant son enfance dans le jardin fleuri et odorant de ses grands-parents. L'annonce d'une demi-journée au jardin exotique était toujours une fête pour la bande de cousins qui abandonnaient instantanément leurs jeux pour se réunir miraculeusement propres et les cheveux lissés à l'entrée de la maison où leur grand-père en cravate, même les jours fériés, faisait ronfler avantageusement le moteur de la R16 beige à l'étincelante carrosserie. Il y avait tout d'abord le trajet, le grand-père de Sara menait son véhicule comme un attelage piaffant, il scrutait le ronronnement du moteur, puis appuyait sur l'accélérateur et la voiture s'élançait à l'assaut des avenues ombragées de Rabat, longeant le palais royal avant d'amorcer la descente vers le Bouregreg. Sara adorait surplomber, au détour de la voie serpentant le long des murailles, l'embouchure du fleuve luisant, que les barques des pêcheurs émaillaient de couleurs vives…

Papi nous faisait croire qu'il était le maître des feux, il avait le pouvoir de les faire passer du rouge au vert, raconte Sara à ses fils, Younes et Salim pouffent de rire, quelle génération naïve, croire à de tels pouvoirs, Sara rit avec eux, nous étions subjugués par une telle éventualité, enorgueillis aussi d'une telle autorité dont nous étions les bénéficiaires latéraux ; Papi se débrouillait pour ralentir et accélérer de telle manière que notre arrivée devant un feu coïncidait toujours avec son passage au vert, parfois je soupçonnais la manœuvre, mais son indignation quand j'exprimais un doute était telle que tous me fusillaient du regard, et la vérité c'est que nous voulions rester dans la magie de ce grand-père qui commandait aux feux et devant lequel toutes les routes s'ouvraient. Arrivés au jardin exotique, il fallait descendre de la voiture dans un état irréprochable, chacun rajustait sa tenue pour surgir devant le gardien des lieux, à l'abri d'une guérite, qui saluait Papi avec un respect marqué devant l'autorité d'un homme capable de discipliner une troupe pareille ; Papi tenait infiniment à ce que nous apparaissions comme un modèle d'éducation et de bonne tenue, pour lui faire honneur. Nous étions sa descendance, à la fois témoins et marqueurs de sa réussite dans ce projet de vie passionné, sans retour, ce défi vécu dans sa chair d'épouser contre l'avis des siens, là-bas à Tlemcen, cette femme si belle à ses yeux de tout jeune homme, il avait à peine dix-neuf ans…

1942. – *La chaleur sèche de cette longue journée de juillet fait trembler sous les pas du fin jeune homme vêtu d'une chemise blanche éclatante et d'un pantalon de serge bleu marine le talus de la route qui mène à l'hôpital situé tout près de la garnison principale de Tlemcen. Fethi frotte du revers de la main ses yeux gonflés et rougis. Il a dû abandonner ce matin ses livres à l'ombre des arbres alourdis de fruits qui entourent la maison familiale. Zaza comme chaque jour s'est levée à l'aube, elle a préparé la pâte des beignets au sucre et à la fleur d'oranger et sorti de la boîte en fer-blanc les kaaks parfumés à l'anis ; son fils préféré, le plus jeune, doit aujourd'hui se présenter pour son intégration au service militaire. Zaza est inquiète ; elle sait que Fethi, avec ses cousins, discute longuement, elle entend au cœur de son sommeil vigilant des va-et-vient certains soirs, des éclats de voix fiévreux ; d'autres fois il disparaît tout le jour, prétextant des promenades dans la forêt de Lalla Setti. On dit que des jeunes gens se réunissent là-bas pour planifier des actions de résistance, ils veulent que cesse l'occupation de l'Algérie, "tu es une indigène, mâ, une minorité chez toi". La voix du jeune homme est fiévreuse. Zaza lève ses mains blanches dans la lumière bleutée qui traverse les persiennes entrouvertes, "je sais mon fils, c'est ce qu'ils disent mais Dieu donnera la victoire à l'Algérie, nous sommes chez nous et Dieu sait ce qui est vrai et juste".*

Tôt le matin, Fethi s'est glissé au fond du jardin, là où les figuiers, les cerisiers et les orangers de sa mère donnent leurs fruits les plus gorgés de suc. Les mains pleines du lait d'un fruit noir et mielleux ramassé au pied du plus ancien figuier, il en a consciencieusement frotté ses paupières encore alourdies de sommeil. Et le voilà qui avance sur cette route poudreuse, sous un soleil déjà éclatant qui blesse ses prunelles momentanément aveugles. Il avance vers son destin, et ses prunelles blessées lui envoient mille éclats coupants.

Est-ce qu'il l'a vue dès son arrivée dans la cour carrée de l'hôpital, là où les jeunes Algériens attendent leur tour pour permettre au médecin chef français de constater leur aptitude au service militaire? Le service militaire des Français musulmans comme on les appelle alors est au cœur d'une nouvelle donne pour les mouvements nationalistes qui l'ont accepté dans un premier temps, dans l'espoir qu'il permettrait l'accès à une nationalité de plein droit, avant de constater avec colère que la République française ne reconnaît les droits de l'homme qu'à certains hommes.

Qu'a-t-il distingué, Fethi, les prunelles troublées par le lait de l'insoumission, quand la jeune femme s'est avancée vers lui, si belle, son clair regard évaluant d'emblée l'évidence du stratagème? Elle n'a rien dit, et là, dans la vaste pièce fraîche où elle assiste le médecin chef, elle a simplement déclaré d'une voix nette : "Inapte"; le médecin n'a pas levé les yeux, il a simplement marmonné "suivant" et Fethi est ressorti sous le soleil, le cœur battant au seuil d'un sentiment nouveau.

Le coup de foudre… racontaient trente ans plus tard les nièces du grand-père de Sara, en visite à Rabat, devant ses petits-enfants très occupés à tourmenter les escargots qu'ils destinaient à une course dans les allées du jardin, guidés par les cris stridents de leurs entraîneurs respectifs; il avait plu la veille et les massifs de rhododendrons, de rosiers blancs et poudrés, et d'éphémères pois de senteurs éclatants étaient pleins d'escargots dépliés, pointant leurs antennes transparentes animées d'un lent mouvement d'exploration de l'air encore humide. Les adultes étaient installés sur la terrasse blanche, à l'ombre majestueuse des cyprès; devant eux les trois pruniers aux branches chargées de fleurs d'un rose délicat tremblaient de milliers de gouttes déposées sur les branches presque noires, les corolles minuscules, les feuilles d'un rouge si sombre. À droite de la balancelle, Sara, dont l'attention oscillait entre les performances de son escargot engagé dans une course tortueuse contre celui de Jad et la conversation des parents, distinguait le profil laiteux de sa grand-mère, ses épaules rondes qui émergeaient de la robe turquoise, ses longues mains à l'annulaire chargé d'un saphir imitant la couleur de ses prunelles, une beauté justifiant toutes les folies, tous les emballements. C'est ce que disaient les regards de la famille de son grand-père posés sur eux tous, les fruits de l'amour, devenu un mythe familial là-bas à Tlemcen, de Fethi pour cette Européenne farouchement combattue, puis passionnément acceptée par Zaza et ses filles subjuguées par la découverte d'une autre féminité, d'un autre rapport au monde des hommes, à ses lois et ses codes. Kaïs et Leïla, Roméo et Juliette, Tristan et Yseult... Toutes ces amours de légende dont Sara ne connaissait pas encore l'existence, des histoires d'amour impossible qui se déploient sur un fond de folie, de tragédie familiale et de mort.

Ce en quoi nous croyons

Sur cette photo, tu vois comme Mamie est lumineuse, elle a tout juste cinquante ans, Papi un peu moins, il a mon âge aujourd'hui... Je suis encore petite, c'est moi sur la gauche, accroupie, penchée sur la tortue.

Sara perçoit le flottement dans le regard de Younes, sa mère enfant, le visage rond creusé de fossettes, tous les questionnements pudiques de l'adolescence dans ce regard qui se dérobe, comme si derrière les prunelles profondes de la fillette il entrevoyait cette femme en devenir, sa mère seule, mais que s'est-il passé ? Et plus loin, la question impossible à poser, mais qui se pose, que se passera-t-il pour moi dans cette vie, et déjà les quinze années écoulées sont comme un vertige dans le regard qui questionne Sara, incrédule devant le visage de la mère, les pommettes hautes, la bouche douce un peu triste, et si gaie dans le rire, les lignes fines au coin des paupières, sa mère soudain étrangère, une petite fille qu'il ne connaîtra jamais, une femme qu'il ne voit pas, sa mère si familière et soudain lointaine, rendue dans l'étreinte enfantine qu'il sollicite, et elle répond vite, conjurant pour lui la levée des questions sans réponses.

Sans doute cette histoire d'amour si improbable dans la ville de Tlemcen des années quarante entre un jeune nationaliste et l'épouse d'un militaire français est devenue un mythe là-bas, après avoir constitué un scandale dont Zaza, encore jeune, veuve et vulnérable, a essuyé la tempête avec indignation. Sommée par les siens de prononcer un jugement, elle a condamné sans appel cette folie de son fils préféré, émotif, tendre avec elle, dont elle connaissait si bien les emportements et la générosité. Peut-être y avait-il aussi le sentiment d'être menacée par cet amour soudain, irrépressible, qui conduisait son plus jeune fils à franchir les limites de l'appartenance au cercle familial, étroit et prestigieux, pour vivre cette folie avec une femme si dissemblable qu'elle n'en apparaissait que plus dangereuse. Une nasranya assez inconsciente pour défier les lois de sa propre société, s'affranchir de la tutelle d'un époux puissant, et repousser les limites de la guerre naissante par laquelle l'Algérie, cette terre que Zaza chérissait comme une mère, elle disait Al-Jazaïr comme on prononce le nom sacré du prophète avec une douceur qui faisait chanter la dernière syllabe étirée, commençait de secouer le joug d'une annexion qui faisait de ses enfants des Français musulmans, des fellagas dès lors qu'ils entreprenaient de se revendiquer ; et on posait la question de leur assimilation comme on parlerait du clonage d'une plante ou de la compatibilité entre deux espèces animales.

De retour dans la maison fraîche de Zaza envahie par l'odeur des arbres emmiellés, Fethi a attendu les yeux blessés que l'effet du lait de figue se dissipe, atténuant l'irritation de ses paupières à grand renfort de linge imbibé d'eau de rose que Zaza renouvelait patiemment, le cœur en fête ; son fils avait évité l'enrôlement au service de ceux qui depuis cent ans tentaient en vain de leur faire croire qu'ils n'étaient pas ce qu'ils étaient. Et le soir même, elle a épié les préparatifs qui conduisaient à nouveau Fethi dans la forêt de Lalla Setti, le cœur troublé d'une joie mêlée de crainte, son fils devenu un homme et qui se levait en homme ; elle savait bien, Zaza, que les discussions enflammées des jeunes gens réunis deux soirs par semaine, tous des têtes brûlées, était un prélude à un mouvement plus puissant que l'on sentait sourdre des entrailles de l'Algérie, de la colère de ses jeunes confinés dans des rôles au mieux subalternes. Il y avait Mourad, le cousin germain de Fethi, licencié de littérature, quelques camarades issus de familles de notables traditionnels de Tlemcen, et qui, comme Fethi, refusaient la soumission à l'ordre colonial au nom d'un ancrage si ancien que la mémoire en perdait le décompte..., des jeunes gens venus de familles moins fortunées et que révoltait la pauvreté dans laquelle l'ordre colonial maintenait les leurs. Il y avait aussi Larbi, son compagnon depuis le primaire, qui avait découvert avec lui les grands maîtres de la littérature française en même temps que le camp des scouts où les jeunes enfants étaient initiés à la discipline et apprenaient le salut au drapeau français.

Sara se souvient de ce jour où dans le salon aux divans de velours cognac de la maison de ses grands-parents à Rabat, elle avait dix ans peut-être onze, son grand-père a sorti de derrière les livres alignés sur la plus haute étagère de la bibliothèque une petite boîte en cuir vieilli; peut-être était-il en proie à la nostalgie de ces années où la colère se mêlait à l'exaltation... Peut-être aussi le conflit qui commençait au milieu des années soixante-dix à opposer le Maroc, sa terre d'accueil, à l'Algérie de son enfance, passionnément aimée, faisait-il surgir en lui le besoin de faire de cette enfant émotive et précoce, sa première petite-fille, la légataire d'une histoire qui ne prendrait son sens qu'en étant transmise et racontée. C'est ainsi que Sara installée contre son grand-père a découvert les trésors contenus dans la boîte ouverte pour la première et dernière fois devant elle ; deux photos de la maison de Zaza, dont une où son arrière-grand-mère est assise avec ses filles sur un tapis de laine étendu à l'ombre du figuier. Elle retrouve sur le visage d'une des sœurs de son grand-père la douceur rêveuse des traits de sa mère. La grand-tante de Sara s'appelle Taj el-Moulouk, et ce nom la fait rêver dès que Fethi le prononce, quelle a été la vie de cette femme qui porte un tel prénom, Couronne des Rois ? Le grand-père de Sara raconte comment elle a vendu ses bijoux, donné l'argent de sa dot, pour contribuer à l'occupation par les insurgés de l'arsenal de Tlemcen, bien avant les événements de 1945 dont les livres d'histoire parlent comme de la première manifestation majeure en faveur de l'Algérie indépendante… Sara scrute le jeune visage, les longs yeux aux prunelles claires, la bouche ronde et pleine, la petite main posée sur l'épaule de Zaza… Une très jolie jeune fille que son grand-père décrit comme intrépide, elle a été la première à prendre fait et cause pour Fethi et Juliette quand le scandale de leur amour a éclaté. C'est Juliette qui a raconté à Sara comment Taj el-Moulouk avait bataillé sans relâche auprès de Zaza inflexible. Pourtant la jeune fille avait d'abord honni sans la connaître la nasranya, non seulement parce que ses sentiments patriotiques lui commandaient de la considérer comme une ennemie, mais aussi sans doute dans les soubresauts d'un amour exclusif pour son grand frère dont elle épiait l'activisme nocturne avec une fierté mêlée de crainte. Comment accepter que son héros pactise soudain avec l'ennemi, emporté par un amour si puissant que plus rien ne semblait compter… Mais la rencontre avec Juliette avait fait basculer la jeune fille, le regard franc de la jeune femme si visiblement éprise, sa réserve pleine de dignité, le choix impensable d'abandonner cet époux officier pour un jeune homme dont toute la famille se dressait dans un rejet sans issue… Taj el-Moulouk avait sans doute vu en Juliette une sorte d'héroïne, troublante de détermination et de vulnérabilité mêlées. Et surtout Fethi a multiplié les réunions clandestines, sa ferveur politique n'a pas diminué, et Juliette n'est plus apparue comme une ennemie, mais comme une femme ouvrant à Taj el-Moulouk un monde de possibilités soudain entrevues. Le grand-père de Sara a sorti de la boîte une carte jaunie, qui décline son identité et affirme son appartenance au mouvement du Front de libération nationale. Sara enfant a tenté de retrouver dans le jeune homme aux grands yeux sombres son grand-père à la chevelure argentée, au regard si plein de tendresse, au visage sillonné de rides, appréhendant pour la première fois la densité d'une vie, les adultes aussi ont été des enfants, ils ont couru dans des jardins et rêvé à l'ombre des arbres, est-ce ainsi que l'on vieillit ?

Penché sur une photographie le représentant adolescent en costume de scout, Fethi lui a raconté comment sur les hauteurs du plateau de Lalla Setti surplombant la ville de Tlemcen, des chefs scouts du pays, suscitant la colère de l'administration coloniale, avaient organisé un camp fédéral regroupant plus de quatre cents chefs scouts, mais alors, ce n'était plus les scouts français qui organisaient la manifestation, mais bien les scouts algériens musulmans…

Mais Sara ne se souvient plus très bien. Est-ce l'exécution en 1941 de leur fondateur, Mohamed Bouras, par l'administration coloniale qui a mis le feu aux poudres ? Ce dont elle est certaine, c'est que son grand-père lui a raconté, très ému, que sur le plateau de Lalla Setti se tint ce rassemblement important où pour la première fois fut hissé le drapeau algérien en présence de figures historiques du mouvement national venues clandestinement.

Ce jour-là, la petite boîte ouverte sur les genoux, Fethi lui a raconté son émotion lorsqu'il a été félicité personnellement par Larbi Tebessi et Saïd Chibane entre autres. Il a aussi chuchoté, les yeux embués, comment l'expérience du scoutisme était à l'origine des premiers chants patriotiques qu'ils entonnaient à la fin de chacune de leurs réunions à l'ombre des grands arbres ; il y avait entre autres *Min Djibalina* et *Chaab el-Djazair* que son grand-père fredonnait quarante ans plus tard dans la chambre lumineuse de sa maison pleine de livres et de disques à Rabat, en même temps qu'il faisait revivre sa mère Zaza en passant encore et encore les éclats de sa voix rieuse sur les larges bandes sonores.

Sara n'a jamais demandé à son grand-père, ni à sa mère, comment est morte Zaza. Ni comment Fethi s'en est retourné là-bas à Tlemcen pour la mettre en terre, à l'ombre des oliviers centenaires, dans cette terre noire et dense qu'elle aimait inconditionnellement, et qu'il avait choisi de quitter quinze ans plus tôt pour aimer et construire une vie avec la femme foudroyante rencontrée un matin de printemps. C'est la mère de Sara, son clair regard dilaté par l'amour de l'enfance, qui lui a raconté les visites de Zaza à Rabat quand, lasse de punir l'ingrat aveuglé par l'amour, réconciliée avec la femme aux yeux turquoise qui lui avait pris son fils, brisant au passage les alliances familiales depuis longtemps élaborées – Fethi devait épouser sa cousine germaine, Zineb –, le cœur plein de la nostalgie de ses petites-filles si douces, si belles, Zaza prenait le train depuis Tlemcen pour venir s'installer dans la petite maison odorante de son fils, amenant avec elle ses élans enfantins, sa tendresse moqueuse, son rire chantant et son cœur ouvert à l'infini pour elle, prononçant son prénom, Nejma, comme une gourmandise d'amour.

L'amour toujours

Sara tient entre les mains un cliché en noir et blanc, sa propre mère est soulevée sur une mida par quatre neggafates, on distingue à peine sous le léger voile brodé d'or son visage délicat, les grands yeux clairs sous une frange épaisse que la coiffe des mariées de Fès ne masque pas complètement. À l'angle droit de la photographie, ses deux grands-pères sont debout côte à côte, Papi en costume sombre, une cravate fine barre sa chemise d'une blancheur éclatante, sa chevelure romantique dégage son front clair, ses yeux profonds, il ressemble à quarante ans tout juste à un jeune premier. À ses côtés le grand-père paternel de Sara, Ba Sidi, sourit dans sa djellaba blanche immaculée, sur sa tête un tarbouch neigeux surmonte un fin visage lumineux, les deux hommes forment un tableau harmonieux, rien n'indique une rupture entre les deux mondes. Fès et Tlemcen, deux villes presque jumelles, anciennement joyaux d'un même royaume, creusets prestigieux pour les populations berbères, mais aussi arabo-andalouses, musulmanes et juives ayant fui l'Inquisition espagnole... Sara lève la photographie, la place en pleine lumière, tout respire ici la joie sans partage d'une alliance largement approuvée, consentie, il lui semble entendre le battement du cœur de sa mère si jeune, bercé par les accents de l'orchestre arabo-andalou de Fès qui égrène la suite de ses accords nostalgiques et somptueux.

On distingue à gauche sur la photo le profil hiératique de la grand-mère maternelle de Sara, ses épaules rondes recouvertes d'une élégante robe de soie, au milieu de toutes les femmes en caftans d'apparat. Sur la photographie suivante, elle apparaît au premier plan, assise à côté de sa fille Nejma revêtue de la longue robe blanche des mariées européennes, de souples gants couvrent ses bras jusqu'au creux des coudes, ses mains sont sagement croisées dans son giron, un voile aérien l'enveloppe, comme un écrin pour la splendeur de son visage enfantin, les larges yeux aux prunelles claires, la bouche douce et ronde, le nez droit et fin, la peau transparente, elle correspond si exactement aux critères de beauté des femmes de Fès, mais aussi aux exigences du style des jeunes filles boudeuses né dans les années soixante. Autour d'elle un essaim de jeunes femmes en chignon, les yeux de biche soulignés au liner noir, sont assises sur les banquettes hautes, les caftans soyeux remontés gracieusement dévoilent à peine le bout des chaussures fines ; Sara reconnaît sa tante, la jeune sœur de sa mère, une mèche s'échappe sans doute de son chignon, elle lève la main comme pour fixer une épingle, son visage éclatant est traversé d'une ombre, cette fête scelle la fin d'une vie, le partage de l'enfance, les rêveries de l'adolescence, la liberté d'espérer et rencontrer mille vies possibles… de manière plus sourde, il y a sans doute la conscience naissante d'une singularité, les conséquences inscrites en elles deux seules de l'histoire si imprévisible de leurs parents, dont chacune va à présent éprouver les vibrations dans une trajectoire détachée de celle de sa sœur, dans la relation rendue intime par cette célébration avec un étranger. Certainement il y a sur le visage de la tante de Sara une petite ombre désolée, elle est seule ce jour-là à savoir ce qui finit.

Sara observe la liberté des corps joyeux sous les vêtements de fête, les visages animés, l'aisance que révèlent l'arrondi d'un bras passé en un geste de camaraderie autour d'une épaule, la vivacité d'une expression… Il y a là un ancrage profond dans les traditions où la modernité est inscrite sereinement au creux des corps, se déploie si harmonieusement que la mère de la mariée, dans sa robe claire et sobre, assise à côté de sa fille enveloppée du long voile transparent si opulent qu'il vient caresser l'épaule et les hanches de la grand-mère de Sara, ne semble pas se distinguer vraiment du reste de l'assemblée.

Sara est perdue dans la contemplation du visage de sa mère à l'aube de sa vie de jeune femme. Dans la maison traditionnelle de ses grands-parents paternels, au cœur d'un des quartiers les plus anciens de Fès, dans cette fête qui a uni ses parents plus de quarante ans auparavant, tous les possibles sont ouverts, un temps d'avant la division intérieure, l'invention des stéréotypes qui durcissent les représentations ; sa grand-mère paternelle apparaît entourée de ses filles sur la photo qui suit celle où Nejma resplendit dans sa robe immaculée, Sara a hérité ses pommettes, mais aussi ses mains ; Lalla Kenza a épousé à seize ans son cousin germain, grandi dans la même maison, "une union d'amour ?", questionnait Sara adolescente, insistant face à la réserve de sa grand-mère paternelle, "dis, Ma Lalla, tu étais amoureuse de lui, de Ba Sidi, il était beau, tu le voulais, toi ?", le sourire de sa grand-mère, si réservée, une révélation, ses petites dents blanches comme des perles brillaient dans le visage ivoire aux yeux profonds, le rire retenu au fond de la gorge, "on n'aimait pas comme vous, des mots qui vous tournent la tête, bien sûr que je l'aimais, j'ai grandi avec lui, il était mon cousin…"

"Mais non, Ma Lalla, tu sais ce que je veux dire, insistait Sara, bousculant sans ménagement sa grand-mère, aimer, tu vois…" La voix qui répond est légèrement railleuse, à peine, tout est subtil chez Lalla Kenza, "nous on savait qu'on devait se marier, c'était bien, on était habitués l'un à l'autre, nous étions une seule famille, sa mère était ma tante… Je savais que je vivrais avec lui dans cette maison toujours, il était beau, ce n'était pas un film, on savait…"
Les questions de Sara rencontraient chaque fois la même bienveillance amusée, mais plus profondément, elle sentait la densité d'un monde où les

émotions étaient enracinées dans la connaissance intangible de celui dont on partageait la vie, une fusion des lignées qui prémunissaient les uns et les autres contre les aléas des emportements d'amour, si dangereusement puissants et éphémères. Le même nom de famille, la même maison, les mêmes émois d'enfance transformés en liens si intimes que l'évidence de l'alliance l'emportait sur l'errance sentimentale. Et pourtant, comment douter des sentiments de Ma Lalla pour Ba Sidi ? Quelques mois après la mort de son époux, elle est venue séjourner chez son fils à Casablanca. Sara se souvient de sa silhouette menue, si légère qu'elle apparaissait comme un elfe transparent installé dans le coin du séjour familial, le regard errant vers les profondeurs du jardin au-delà de la terrasse damée de bejmates. Elle restait assise ainsi tout le jour, muette, près de sa belle-fille, aussi menue et silencieuse qu'elle, Nejma plongée dans un livre, mais se levant de temps à autre pour veiller au repas familial ou au bon ordre de la maisonnée ; en revenant de l'école, Sara trouvait les deux femmes unies dans un silence serein que troublait à peine une mélodie échappée du poste de radio posé sur la table de coin et qui accompagnait les journées de Nejma ; elle avait reproduit le rituel de son père, écoutant avec la même passion les analyses politiques des spécialistes européens du Maghreb comme ils disaient obstinément, du monde arabe, du Moyen-Orient… Sara embrassait sa grand-mère qui sentait la fleur d'oranger, le musc, et plus lointainement l'odeur lactée de la crème Nivea contenue dans une boîte de métal bleu dont elle enduisait chaque jour ses mains aux longs doigts élégants, ses coudes ainsi que ses pieds. La peau de Ma Lalla était un objet d'admiration pour tous, si fine, si douce, si lisse, et Sara a souvent entendu Juliette à la beauté incontestée citer avec respect Lalla Kenza, dont elle louait le teint lumineux, d'un ivoire éclatant…

Ma Lalla portait aux oreilles de petites dormeuses en cœur d'émeraudes et perles fines, une bague magnifique à l'index de la main gauche, sertie de minuscules brillants et émeraudes transparentes, de ces bagues filigranées que Sara retrouvera plus tard au long de ses déambulations à Florence, dans les petites échoppes des bijoutiers qui bordent le Ponte Vecchio, mais aussi dans le Sud de l'Italie, au cœur des très anciennes villes lumineuses qui longent la côte amalfitaine. "Nous sommes arrivés jusque-là", riait alors son jeune mari adossé contre le portail d'un palazzo de Ravello où ils avaient trouvé refuge contre la morsure d'un soleil éclatant, faisant allusion aux conquêtes des Maures. Comment Sara assise aujourd'hui entre ses fils peut-elle leur raconter la puissance d'un amour unique vécu comme la seule possibilité, il n'y en avait pas d'autre pour Kenza et Si Mohamed, cousins issus de germains, élevés ensemble dans la même maison de ce quartier séculaire de Fès où les plus anciennes familles arabes et andalouses avaient élu domicile, destinés l'un à l'autre depuis l'enfance. Un amour si éloigné de celui de Fethi pour Juliette, si peu semblable à la rencontre fulgurante qui a uni les grands-parents maternels de Sara presque soixante-dix ans auparavant dans la ville de Tlemcen… Et pourtant, cet amour-là, organisé dès la naissance de Kenza emmaillotée dans les langes du coton le plus fin, n'était pas moins profond que l'autre, dont la déflagration continue de déterminer les contours de leurs vies à eux, les héritiers, sans autre héritage que la croyance indéfectible en leur irréductibilité d'individus.

Younes et Salim observent leur mère, incrédules, que veut-elle leur faire croire ? Salim est soucieux de ne pas la contrarier, il sent depuis quelques semaines une fragilité nouvelle chez Sara, quelque chose s'est immiscé en elle qu'il ne reconnaît pas, une peur, cette manie de traîner partout avec elle le sac de toile blanche plein de photos en vrac, sali de points de feutres de couleur, il se souvient, leur mère avait tapissé pour eux les murs de la chambre qu'ils partageaient d'un papier glissant, froissé par endroits, lisse en d'autres, et, armés de crayons gras de toutes les couleurs, ils dessinaient des heures durant, faisant tourbillonner les couleurs et les formes. "Maman", sa voix dérape, plus brusque qu'il ne l'aurait souhaité, "c'est une blague, ils ne se sont pas choisis, comment tu peux dire qu'ils s'aimaient eux aussi ?" Younes est indigné : "Ce n'est pas de l'amour, maman, ils n'avaient pas le choix ! Les pauvres…"

"Les pauvres !" Sara reprend les mots de son fils avec un haussement d'épaules, "c'est nous, les pauvres…" Elle surprend le regard échangé par ses fils, un étonnement complice, comment leur mère si prompte à s'indigner devant tout signe de soumission des femmes peut-elle ainsi perturber ce référentiel sur lequel ils construisent leur rapport naissant à l'autre moitié de l'humanité, dans une distanciation pleine d'humour à la supériorité masculine qu'ils clament, pour faire bondir Sara, et c'est un jeu entre eux trois, à chaque fois. Comment dire à ses fils la profondeur d'un amour où la chair et le désir ne sont presque rien face à l'entrelacs des généalogies, l'ancrage des souvenirs partagés dans la vaste maison familiale ; Sara imagine Si Mohamed et Kenza enfants courant dans le patio, les orangers en fleur exhalent une odeur suave mêlée à celle du galant de nuit et du jasmin sambac, la fontaine ruisselle au creux du mur blanc constellé de zellijes bleus, et Si Mohamed met sa bouche à même le jet pour apaiser la soif née des jeux de poursuite avec sa cousine, c'est le temps d'avant les jeux de rôle, ils ont cinq et six ans ; déjà tous savent qu'ils sont l'un à l'autre… Quand a eu lieu la naissance du désir au creux de l'enfance, quand Kenza a-t-elle senti sur elle le regard soudain aigu de son cousin, leurs jeux fraternels plus tendus ? Et vite l'intervention des mères guettant depuis toujours les signes de l'éveil, enfin le temps de la fête attendue par tous est là, Kenza et Si Mohamed unis jusqu'à la mort… Sara chuchote presque et ses fils se penchent au plus près pour entendre, "plus fort, maman", proteste Younes, Sara ferme les yeux à moitié, elle sent monter en elle la vague puissante d'un souvenir qui surgit, et lentement la submerge, Lalla Kenza est assise vêtue de blanc de la tête aux pieds, la maison est envahie d'une foule dense, ses tantes paternelles errent comme des âmes en peine, la vaste cuisine est en effervescence, son père, debout sur le perron entre ses frères, reçoit les condoléances de tous ceux venus de Casablanca, de Rabat, de Meknès dès l'annonce de la disparition du grand-père de Sara. Nejma est assise près de sa belle-mère, muette, il n'y a rien à dire.

Les diseurs de Coran psalmodient sans relâche jusqu'à la levée du corps. Au centre du vaste salon de réception où les femmes sont assises sur les banquettes recouvertes de brocart ancien prune et vieil or, sous le haut plafond de stuc sculpté, un énorme brasero d'argent trône, d'où s'échappent les volutes d'oud depuis le matin. Mais surtout dans la chambre à coucher de Ba Sidi, transformée en pièce mortuaire, gît le corps transporté en pleine nuit, en cachette des autorités, depuis la maison de son fils aîné à Rabat pour être enterré ici à Fès, auprès de ses parents et de tous ses aïeux. La maison de Fès, maintenue fermée tout au long de la lente agonie du patriarche, a été ouverte, aérée, remise en ordre par les tantes paternelles de Sara, hagardes de chagrin, aidées par des femmes dont la fonction est d'aller de maison en maison proposer leur force de travail pour assister les familles lors des fêtes et des enterrements.

Le soleil d'hiver traverse les voilages de velours dévoré rebrodé de fleurs prune, orange ou fuchsia, entrelacées de feuilles d'un vert tendre. La lumière danse sur le visage menu de Lalla Kenza dont les mains égrènent inlassablement un chapelet de nacre. Elle se tient si droite… Le désastre est entier.

Et la mort

Sara a quinze ans. La nuit est totalement noire, seul le quartier de lune diffuse une clarté douteuse dans la chambre de Ba Sidi. La maison est froide, les nuits sont glaciales à Fès en décembre.

Sur la photo qu'elle a cherchée fébrilement dans le grand sac, écartant avec impatience les images de sa vie d'étudiante à Paris, ici assise sur un banc du jardin du Luxembourg, les cheveux sagement coupés au carré glissent sur sa joue ronde, ses prunelles affrontent l'objectif, mi-rieuse mi-sérieuse, mais qui a pris ce cliché... Il y a toutes les photos de ces vacances avec le père de ses fils avant leur naissance, pas le temps de la nostalgie, Sara cherche, saccageant dans une impatience fiévreuse le semblant de chronologie qui règne dans le sac à présent bouleversé, et finit par trouver. Sur la photographie prise par son père, Sara a quinze ans. C'est un Polaroid, les couleurs ont blanchi, son père l'a photographiée de retour du cimetière où il venait d'enterrer son père à lui. Debout, seule, dans le jardin, sa frange d'adolescente souligne un regard qui semble un peu voilé, mais c'est indéniable, le jardin est plein d'une lumière hivernale, loin derrière, la balançoire accrochée à l'arbre semble osciller un peu entre les branches dénudées. C'est le jour de l'enterrement, Sara a ôté sa djellaba de deuil, son père l'a exigé, il a photographié sa fille ainsi, ses longs cheveux dans le dos, debout en jean et gros pull à torsades, un peu incertaine devant l'objectif, dans le jardin lumineux. Pourtant le souvenir de Sara lutte avec ce que la photographie retient de ces journées. Elle a quitté la chambre tiédie de sa grand-mère où ses tantes ont préparé pour Ghali et elle le grand lit où Lalla Kenza ne repose plus depuis des années; elle dort sur un petit matelas au pied du lit de Si Mohamed; dort-elle lorsque le vieil homme en lente agonie soupire, cherche son souffle, esquisse des mouvements comme un nageur perdu dans la mer noire, de plus en plus alourdi de fatigue ? Lalla Kenza émerge de ces nuits entre veille et sommeil émaciée, les yeux enfoncés cerclés d'ombres bleutées. Sara ne cherche pas dans les pièces silencieuses avant l'ultime cérémonie du lendemain, elle ne sait pas dans quelle partie de la maison Lalla Kenza passe sa dernière nuit sous le même toit que Si Mohamed, comme chaque jour de sa vie depuis sa naissance. Sara n'a pas enfilé les chaudes pantoufles disposées par Nejma au pied du lit où dorment ses enfants, en même temps que les pyjamas en coton épais, les tricots de corps et les vêtements pour le lendemain ; mais elle glisse en frissonnant ses pieds nus dans des chaussettes épaisses avant de quitter la chambre où Ghali dort paisiblement, à peine un grognement de protestation lorsque sa sœur entrouvre la porte et qu'un filet d'air glacé se glisse dans la pièce confinée.

Quelques chuchotements assourdis, sans doute ses tantes tiennent-elles conciliabule au sujet de l'accueil des visiteurs qui en grand nombre viendront saluer la dépouille de Si Mohamed le lendemain et l'accompagner jusqu'au cimetière au moment de la prière de la mi-journée. Sara reste un instant immobile, debout au cœur de la maison presque silencieuse, elle se glisse jusqu'à la porte de la pièce où son grand-père repose, son cœur cogne si violemment qu'elle a le sentiment qu'il l'ébranle tout entière, elle le sent qui se débat contre son torse, la porte est fermée, installant déjà la séparation entre ce qui est et ce qui n'est plus, la poignée résiste, Sara le sait, elle force un peu et le gond cède lentement. Ba Sidi est méconnaissable, amenuisé. Sara regarde de tous ses yeux le corps allongé, minéral, baigné de la clarté froide du quartier de lune qui luit dans le morceau de ciel noir découpé par l'auvent de la fenêtre. La tête de son grand-père n'est plus recouverte du tarbouche ivoire, son crâne dépouillé de ses cheveux blancs coupés presque à ras est étrangement sphérique. Sara est pétrifiée sur le seuil de la porte.

Elle comprend à présent, dans la remémoration du souvenir de l'adolescente qu'elle était alors, découvrant avec effroi la vulnérabilité indécente du crâne nu de son grand-père décédé, l'oppression ressentie, presque plus redoutable que sa stupeur incrédule quand le professeur B. lui a fait part de son diagnostic définitif après l'intervention sous célioscopie, l'ablation d'une partie de son utérus, "un cancer plus étendu que prévu, il faut envisager une radiothérapie, mais aussi une chimiothérapie après l'intervention". Sara a serré contre elle les pans ouverts de son chandail, posé ses mains bien à plat sur ses genoux rapprochés l'un de l'autre, et l'image a surgi : son crâne blanc, dépouillé de la souple protection de sa chevelure, c'est un tic de Sara quand elle rit, passer sa main aux doigts écartés dans ses cheveux châtains et les faire glisser jusqu'au bout des mèches brillantes coupées au-dessus des épaules. Elle ne sait plus ce qui l'ébranle davantage, l'ablation de la plus grande partie de son utérus, comment vivre sans savoir en elle cette poche où ses enfants se sont tenus serrés l'un contre l'autre, entamant à l'abri du corps tiède de leur mère le fragile et pourtant si puissant périple de la vie, ou la perte momentanée de sa chevelure ; elle a vu tant d'images de femmes merveilleuses aux crânes nus, aussi duveteux et vulnérables que les corps exposés des oisillons tombés du nid qu'elle retrouvait, désolée, au pied du haut cyprès dans le jardin profond de ses parents, quand elle s'échappait adolescente du séjour familial à la tombée du jour pour fuir l'atmosphère alourdie par les dissensions conjugales. Sara se souvient de la photographie de Linda McCartney, exposée au cœur de l'hebdomadaire *Paris Match*, elle affrontait l'objectif aux côtés de son mari Paul, deux personnages de légende... Plus que l'intitulé de l'article, c'est le visage de la jeune femme qui avait interpellé Sara alors âgée de vingt ans au plus, au point qu'elle s'en souvient encore aujourd'hui, vingt-cinq ans plus tard. Sur le cliché publié, Linda apparaît dans une lumière dorée, assise à une terrasse qui surplombe à peine un parc aussi luxuriant que le jardin d'Éden, sur la table règne un désordre soigneusement mis en scène, une assiette de fruits aux couleurs éclatantes, quelques livres, une carafe pleine, deux verres transparents aux volumes ronds, un vase bleu couronné de fleurs champêtres, sans doute le photographe a-t-il voulu obtenir un contraste suffisamment éloquent entre ce lieu ouvert sur le jardin, la beauté et la puissance d'une nature en pleine éclosion, les commodités d'une vie d'abondance, et l'étrange visage de Linda, dépouillée de l'auréole de ses cheveux blonds, qui en faisaient une jeune déesse bien née, dont la vie ne pouvait que tenir toutes les promesses du rêve américain, entre bohème et réussite, épouse d'une légende vivante devenue musicienne à son tour, mère de quatre enfants magnifiques, Linda vulnérable, ses grands yeux pleins de courage affrontent l'objectif, sur sa tête un foulard chamarré protège son crâne lisse, et derrière, un peu en retrait, Paul, aussi perdu qu'elle, le survivant, il le sait déjà là, à ce moment où le photographe immortalise le couple uni face à la maladie de Linda, Paul sait qu'il va devoir lui survivre, le chemin du deuil et de la séparation a déjà commencé. Linda le sait aussi, sans doute le cliché largement diffusé vient annoncer à tous l'étendue des dégâts, mais peut-être aussi s'agit-il d'un ultime combat pour conjurer ce qui advient, peut-être espèrent-ils secrètement que le mouvement de compassion instinctif de tous ceux qui vont rencontrer le regard de Linda sur la photographie au détour d'une lecture nonchalante va inverser le cours des choses et susciter un miracle. Ce dont Sara se souvient, c'est de cette femme si menue, il n'y a plus sur la photographie que ce regard au fond duquel la peur le dispute au courage, l'espoir au désespoir, et le sourire qui révèle les dents magnifiques, intactes, de la musicienne.

Sara a refermé la porte de la chambre où gît son grand-père, dans une solitude telle que sa petite-fille reste pétrifiée longtemps après avoir rejoint son frère dans le lit tiède où il dort profondément. Ghali tend une main chaude vers sa sœur et rencontrant sa paume glacée murmure avec réprobation : "Où étais-tu encore passée ?" Il se rendort déjà sans attendre la réponse, peut-être sent-il dans son sommeil le désarroi de sa sœur figée dans le lit où elle se replie dans une posture familière, guettant un sommeil qui ne viendra plus, il pose sa paume sur l'épaule de Sara, et la laisse peser, lourde et vivante, et cette présence procure à Sara un étrange réconfort, bientôt son corps se détend, elle glisse lentement dans le sommeil.

Le lendemain matin la maison est pleine, odeur de café et de thé à la menthe, les vivants s'organisent, la journée sera longue. Le corps du grand-père paternel de Sara est lavé, revêtu du linceul ramené de La Mecque. Mais Sara n'est presque plus présente, elle a compris dans la nuit que tout ceci n'appartient plus qu'aux vivants… Pourtant elle se souvient du moment où elle a salué le corps de son grand-père, juste avant qu'on ne le sorte de la chambre où il gît après avoir été soigneusement lavé au milieu de ses proches en prière ; dans la petite pièce il y a ses tantes, ses oncles, tous les enfants de Si Mohamed, et sa grand-mère, Lalla Kenza, si réservée que Sara ne se souvient pas de l'avoir jamais vue se départir de son calme. Elle est vêtue tout de blanc, une veuve, et ses filles pleurent des larmes silencieuses, elle est si frêle, que va-t-il se passer ? Au moment où les hommes s'approchent pour emporter le corps, l'exposer dans le salon de cérémonie que les volutes de bois d'oud ont déjà envahi, elle a ce geste antique de suppliante, elle tend les deux mains et embrasse les pieds du mort, dans un sanglot retenu : Tu es parti et tu m'as laissée…

Sara n'a jamais oublié le désespoir sobrement exprimé de sa grand-mère, quand la civière emportant le mort a quitté la maison au milieu des appels au prophète et des youyous, elle est restée auprès de sa grand-mère redevenue muette, assise si droite que Sara a cru sentir dans son propre corps la tension de celui de Lalla Kenza impassible au milieu des pleurs et des gémissements.

Des mois plus tard, Lalla Kenza est venue séjourner chez son fils à Casablanca. Le jour, elle se tenait silencieuse dans le séjour lumineux plein de livres, parfois elle descendait au jardin, et Sara de retour du lycée l'apercevait, silhouette menue au milieu des arbres. Elle a dit à son fils qu'elle souhaitait voyager, accompagnée de ses filles, et le père de Sara, au cours des années qui ont suivi, a organisé les périples de sa mère, toujours à destination de Médine puis La Mecque, mais à chaque fois une escale prolongée quelques jours, Paris, Le Caire... Parfois, rarement, Lalla Kenza se plaignait à Nejma de ce que l'argent envoyé par son fils était géré par d'autres dont elle taisait pudiquement le nom, et Nejma intervenait auprès de son mari qui imaginait des solutions pour que sa mère ne dépende de personne. Lalla Kenza est devenue un globe-trotter, souriaient ses fils soulagés par la résistance de leur mère à une perte dont ils craignaient qu'elle ne soit irréparable.

Ce qu'ils ne savaient pas, c'est que Lalla Kenza vivait une vie secrète, si cachée qu'elle ne la connaissait pas elle-même. Sara, au cours des séjours de sa grand-mère à Casablanca, lui cédait sa chambre et dormait dans la pièce à vivre aux divans confortables... Peut-être cela explique-t-il qu'elle soit la seule à avoir perçu au cœur du silence de la maison plongée dans la nuit un gémissement sourd, comme une plainte d'enfant, accompagné plus lointainement de coups portés contre un chambranle. Inquiète, Sara s'est levée, elle a entrebâillé la porte et est sortie dans le vestibule qui dessert toutes les chambres. Lalla Kenza est debout, appuyée contre la porte de la salle de bains. Elle cogne faiblement de ses poings fermés et appelle comme une petite fille perdue, "Si Mohamed, ouvre-moi, c'est moi, Kenza, ouvre cette porte, pourquoi n'ouvres-tu pas, c'est moi, Kenza… Que fais-tu, pourquoi t'es-tu enfermé?"

En silence, Sara sait qu'il ne faut pas éveiller un somnambule, elle approche de sa grand-mère à pas feutrés. Lalla Kenza a recommencé à taper de sa paume à présent ouverte contre la porte fermée. "Si Mohamed je sais que tu es derrière cette porte. C'est moi Kenza."

Sara guide lentement la vieille femme jusque dans son lit, "je suis là, Kenza, retourne dans la chambre, je viens". Docile, sa grand-mère a pivoté sur elle-même les yeux toujours fermés ; Sara sent sous ses doigts la clavicule fine de Lalla Kenza, elle l'aide à se glisser entre les draps frais, la borde soigneusement, "j'arrive, Kenza, ne bouge plus et attends. J'arrive".

Le cortège des vivants

Ce qui a toujours préoccupé Sara, c'est cette vie invisible, parfois un cliché réussit à en rendre compte, à effleurer ce qui sourd à la surface des êtres et des choses. Elle tire du grand sac béant, dans lequel elle a en partie brisé l'ordre organique de l'accumulation des photographies, une image prise avec les enfants de l'orphelinat Lalla L. Un goûter organisé à l'occasion d'Achoura. Les enfants aux yeux tristes ont l'air heureux dans la salle d'apprentissage décorée de ballons de couleurs vives. Aux murs, des dessins, des collages, des peintures qu'ils réalisent. Sara se souvient de ce jour, Younes et Salim étaient encore trop petits pour l'accompagner, elle-même au milieu des enfants a l'air si jeune, elle est rattachée à l'orphelinat dont elle suit quelques-uns des petits pensionnaires en tant que pédopsychiatre.

C'est le jour où l'orphelinat a accueilli la petite Hiba, un bébé de deux jours, retrouvée enveloppée dans des draps, au creux du linge entassé dans le tambour béant d'une machine à laver, dans un internat de la ville. La lavandière en charge ce jour-là, Halima, a entendu un couinement, elle a pensé qu'un chat qui s'était faufilé au milieu du linge n'arrivait plus à s'extraire de l'amas de tissu dont il était prisonnier ; ainsi, avant d'activer la mise en marche de la machine, elle a pris la peine d'y plonger ses mains aux paumes durcies par les travaux ménagers. Quand Sara a été appelée au chevet de la nouveau-née, quittant la pièce pleine du rire des enfants, du son festif des minuscules derboukas distribuées pour l'occasion, au moment de l'ouverture des présents choisis la veille dans une boutique de jouets partenaire de l'événement, elle a traversé les couloirs blancs qui mènent à la nurserie et découvert Hiba ; le bébé a un visage lumineux, étonnamment défroissé pour un enfant abandonné dans de telles conditions, un pédiatre est déjà à son chevet, la petite ne semble pas avoir été affectée par son séjour de quelques heures au milieu du linge. Halima a les yeux humides quand elle raconte à Sara son histoire : c'est par la grâce de Dieu qu'elle a été l'instrument du sauvetage de la petite rescapée, elle aurait aussi bien pu actionner la manette et alors… Sara appelle rapidement le service de néonatalogie de l'hôpital d'enfants Abderrahim-Harrouchi, Hiba y est admise ; elle restera sous surveillance le temps prescrit, avant de rejoindre l'association nommée La Goutte de Lait alertée elle aussi. Peut-être aura-t-elle la chance d'être rapidement adoptée. En attendant, Sara se met en relation avec les services de police pour tenter de retrouver la mère de l'enfant, suffisamment jeune pour avoir pensé que le ventre d'une machine à laver était un lieu sûr pour son bébé.

Mais Halima ne peut se résoudre à se séparer de Hiba, ainsi l'a-t-elle prénommée, le bébé la fixe de ses yeux grands ouverts, et elle la suit à l'hôpital, abandonnant son travail pour la journée ; Halima a déjà deux enfants, mais elle fait part à Sara de son désir d'adopter Hiba au cas où les recherches entamées pour retrouver la mère de la nouveau-née resteraient sans résultats. Sur la photographie suivante, Sara est debout à côté de Halima qui tient Hiba enveloppée dans des langes, la tête fragile du bébé est recouverte d'un petit bonnet en coton rose pâle, ses traits menus sont détendus, elle est nichée contre la vaste poitrine de Halima qui rayonne, campée devant l'objectif. Le cliché est pris le jour du retour de Hiba à l'orphelinat Lalla L. où Sara a réussi à organiser son transfert depuis La Goutte de Lait. Halima a entamé une procédure d'adoption, elle travaille à l'orphelinat, s'occupant partiellement du repassage deux jours par semaine, le reste du temps elle est tayyaba dans un hammam du quartier, débarrassant les femmes, en un gommage vigoureux, des peaux mortes, mais aussi des relents de fatigue, lorsqu'elles lui abandonnent leur corps enduit de savon noir dans la pièce humide et chaude, étendues sur des lits de marbre.

Un lien puissant, qui unit Sara, Halima et Hiba, est né au cours de ces mois de bataille pour l'enfant trouvée. Il semble à Sara aujourd'hui, penchée sur la photographie où elle apparaît frêle et déterminée aux côtés de Halima, que c'est en partie cette femme généreuse, choisissant d'aller au bout de sa rencontre avec Hiba, qui lui a permis de traverser le miroir, d'aller à la rencontre de ses propres représentations, d'accepter profondément la faillite pour eux trois, Sara, Salim et Younes, d'une cellule familiale soutenue par un père présent et protecteur. Sara a appris à inventer avec ses fils, pour eux et grâce à eux, une famille différente dès le premier jour ; sans doute Halima a-t-elle apporté avec elle, dans la construction d'une famille improbable, où chaque événement renvoyait la jeune mère qu'elle était alors à sa solitude, son chagrin et sa colère, une dimension d'acceptation que la pratique de son métier, conçu par Sara comme une bataille contre un sort qui entrave la vie de ses petits patients, et qu'il faut aider à vaincre, à dénouer, au moins à apprivoiser, n'avait paradoxalement pas encore favorisée.

Au bout d'un an, Hiba est devenue la fille adoptive de Halima. La photographie suivante est prise au domicile de Halima, elle tient Hiba dans ses bras, vêtue d'une robe de satin rose, un nœud blanc orne ses fins cheveux noirs, les grands yeux frangés de cils immenses du bébé fixent l'objectif. Halima est entourée de ses deux fils, Mustapha et Hicham, mais aussi de Younes et Salim, présents avec Sara pour le deuxième anniversaire de Hiba. Halima habite le quartier d'Ain Choq, pas très loin de la mosquée, un rez-de-chaussée minuscule, deux pièces si fraîches, si propres, qu'il semble à Sara que le petit séjour étincelant embaume la même odeur d'eucalyptus et de savon noir qui caractérise l'entrée du hammam où elle retrouve Halima tous les quinze jours. Les banquettes hautes sont recouvertes d'un brocart noir et ivoire, et sur la photographie, Halima a dressé une table festive qui occupe toute la pièce, avec des bonbons, des sucettes et un gâteau tout en meringue, rose et blanc, sur lequel elle a piqué deux bougies roses. Sara a amené un fondant au chocolat et un joli cadeau pour Hiba. Halima est veuve depuis de longues années ; sa mère vit avec elle, et occupe l'unique chambre, cependant que le séjour est occupé la nuit par Halima et ses fils. Hiba dort avec sa grand-mère d'adoption.

Sur la photographie qui suit, elle tend ses petites mains vers la vieille femme qui rayonne. Les garçons sont assis, alignés sur la banquette, une part de gâteau à la main, et Halima, la main devant la bouche, pousse un youyou de joie. Une voisine a pris la photo, Sara est debout et sert les limonades. Younes tend sa main libre vers la guirlande lumineuse de fleurs en plastique de couleur que Halima a accrochée au mur ; elle se déploie en dessous d'une calligraphie en lettres dorées sur un fond de velours noir, qui célèbre l'unicité de Dieu. De l'autre côté de la pièce, le mur est orné d'une reproduction de la Kaaba sur un fond de cuivre, une gravure en relief à laquelle Halima a accroché le petit chapelet de nacre que Sara lui a offert. En face d'eux, une télévision est suspendue et l'écran animé – le son est coupé – projette dans le minuscule séjour des ombres mouvantes.

On distingue dans le coin droit de la photographie la queue d'un chat, Halima recueille les chatons abandonnés, les nourrit, leur offre l'hospitalité, cinq ou six sont familiers de la maison, ils vont et viennent ensuite au gré de leurs amours, mais trouvent toujours chez elle les reliefs d'un repas et une jatte d'eau claire. "Le prophète, que Dieu le glorifie, priait avec des chats qui grimpaient sur son cou et ses épaules", se justifie Halima lorsque sa mère proteste contre la présence de ces vagabonds intempestifs.

Chez Fethi et Juliette aussi, il y a toujours eu un royaume d'animaux… Les chats investissaient le jardin hospitalier des grands-parents maternels de Sara, ils gisaient allongés sur la terrasse en pierre de Taza, leur pelage soyeux tiédi par les rayons de soleil traversant la pergola où croulaient les bougainvillées chatoyantes. Il y avait aussi des chiens, souvent des chiens de berger, affectueux et puissants, Sara se souvient du regard perdu de son grand-père, détourné pour essuyer une larme, lorsque son compagnon préféré a été volé une nuit. Il lui a fallu des mois pour accepter la venue d'un jeune chiot doré, joyeux et fantasque, qu'il a tout de suite passionnément adopté. Sara sourit à Younes penché sur la photographie où elle apparaît aux côtés de Fethi, toute petite, Twist dans les bras, les yeux levés vers celui ou celle qui prend le cliché ; le corps du jeune chien est aussi grand que le sien, l'une de ses couettes s'écrase contre le cou musclé de l'animal, on sent qu'il est plein d'une énergie débordante, prêt à bondir dès que l'enfant relâchera son étreinte. "Maman, quand on était petits, la maison était une vraie ménagerie, dis, tu te souviens?" Oui chéri, tu te souviens, il y avait le canari qui chantait à deux heures du matin… Et les coqs blancs magnifiques qui grimpaient pour dormir sur la branche basse du galant de nuit? Salim lève la tête, penché sur l'écran du smartphone : Je me souviens surtout qu'ils réveillaient tout le monde à quatre heures du matin! Younes rit : c'est leur destin génétique de coq! Comme c'était leur destin de disparaître un jour… Maman, je suis certain que les voisins les ont kidnappés! C'étaient des coqs très particuliers, ils sortaient par la porte du jardin, faisaient ensemble le tour du quartier chaque jour, puis revenaient à la maison, au soleil, tranquillement. Maman, tu te rappelles le jour où le premier a disparu? Son compagnon était perdu, il a dormi au pied de l'arbre où ils grimpaient pour la nuit… Salim lui coupe la parole, cette histoire est aussi la sienne, il se souvient des deux coqs, Sara sourit, les visages lumineux de ses fils qui se coupent la parole pour raconter le mystère de la disparition des coqs l'émeuvent. Il y a dans cette évocation juvénile, rieuse, un début d'appropriation, une construction où elle est encore sollicitée comme un arbitre, leurs jeunes mémoires se bousculent et s'affrontent : Tu es fou, c'est moi qu'ils préféraient, dis maman, tu te souviens, ils me suivaient partout, même dans la salle de bains, quand je fermais la porte ils donnaient des coups de bec! Reconnais-le Younes! Mais son frère ne reconnaît rien, les coqs l'avaient élu lui, d'ailleurs, il les nourrissait chaque jour, alors que son frère ne se souciait pas de savoir s'ils avaient eu leur ration de graines… Sara coupe court en évoquant les tortues énormes qui apparaissent et disparaissent dans le jardin, depuis combien de temps ne les a-t-on pas vues ? La chatte a mis bas la semaine dernière, ses petits tètent avec avidité, on dirait des rats, rit Younes, et sous l'abricotier, leur chienne, si douce, Pops, enterrée quelques jours après Noël…

Dans la grande maison de ses parents, Sara a écouté les merles siffler, aux premiers beaux jours. Mais elle se souvient de sa crainte quand elle s'enfonçait dans les profondeurs du jardin, et qu'au pied du cyprès si haut qu'il lui semblait que ses branches touchaient le ciel, elle découvrait immanquablement un ou deux oisillons tombés du nid, encore duveteux et tièdes, presque transparents tant leur chair était fine, le cou étrangement disloqué par la chute, leurs prunelles noires devenues mates dans la nuit où ils étaient rentrés.

Une feuille de papier à dessin attire son attention, elle la tire délicatement de ses deux doigts, lentement, pour la faire émerger de l'amas de photographies qui parfois sont collées les unes aux autres par le temps et l'humidité, dans des fusions impossibles à défaire sans déchiqueter le cœur de l'image. Plus tard Sara utilisera la vapeur d'un fer pour lentement séparer les clichés siamois, mais pas encore.

C'est un dessin que Sara avait esquissé adolescente, elle s'en souvient encore. La nuit, Sara avait fait un rêve, dont elle avait émergé si confuse au petit matin qu'elle avait regardé de tous ses yeux Nejma quand elle était apparue comme chaque jour à la porte du collège à midi pour les ramener Ghali et elle à la maison, le temps du déjeuner. Sur la feuille de papier blanc, Sara avait dessiné, elle avait alors dix ans, peut-être onze, un arbre au tronc large, au feuillage luxuriant, aux branches élancées vers le ciel bleu. Les traits de feutre sont nets ; au pied de l'arbre, sortie d'une terre brune et dense, une mèche de cheveux blond doré serpente… Assise au pied de l'arbre, une jeune femme aux yeux bleus, un casque de cheveux châtain clair encadre le visage esquissé où la bouche rose sourit. Elle tend la main vers la mèche blonde, mais aujourd'hui Sara ne sait pas si elle a dessiné sa mère caressant les cheveux sortis du sol, ou faisant le geste de les arracher comme une mauvaise herbe.

Nejma est blonde depuis si longtemps que Sara n'a aucun souvenir conscient du clair visage de sa mère, de son regard gris vaporeux, encadré par une chevelure couleur de châtaigne traversée d'éclats de miel. Elle a découvert ce visage de Nejma dans les photographies soigneusement disposées en albums reliés de cuir dans le placard du séjour confortable de Fethi et Juliette. Il y en a une que Sara affectionne en particulier, si fort que Juliette avait alors soulevé le calque et précautionneusement détaché la photographie de l'album pour l'offrir à sa petite-fille. Nejma a seize ans, peut-être dix-sept ; elle n'a pas encore rencontré le père de Sara, Juliette précise que la photographie a été prise quelques mois auparavant, dans le jardin fleuri des grands-parents de Sara. Nejma est assise sur la pelouse éclaboussée de soleil, sa robe, qui laisse voir ses genoux, dégage ses mollets fins, le tissu uni dévoile ses épaules menues et ses bras si minces de toute jeune fille. Elle est face à l'objectif, la tête un peu baissée, sans doute pour protéger ses prunelles claires d'une réverbération intense. "Elle était très belle, Mamie!" s'exclame Younes, découvrant le cliché où resplendit sa grand-mère, s'attardant sur le visage lumineux sous le casque de cheveux épais coupés au menton, une masse couleur de châtaigne traversée d'éclats d'or, "on dirait une actrice"… Sans doute est-ce cette grâce claire, si juvénile, qui a séduit le père de Sara le jour où il a sonné à la porte de la petite maison de Fethi et Juliette, devenue un lieu de retrouvailles incontournable pour la première génération de jeunes technocrates rentrés au pays après de prestigieuses études en Europe, quelques années à peine après l'indépendance du Maroc. Sara peut imaginer aujourd'hui comment Fethi, leur aîné d'une dizaine d'années seulement, précédé d'une solide réputation d'humaniste mais aussi d'intellectuel à l'éblouissante culture historique, politique, et littéraire, a pu incarner pour ces jeunes gens un intermédiaire passionnant entre le monde de leurs familles ancrées dans un référentiel séculaire, et la modernité grisante dont ils avaient goûté l'excitation. Ces jeunes gens résolument tournés vers la construction d'un Maroc progressiste et moderne, souvent engagés ou sympathisants des formations politiques socialistes, admiraient l'engagement nationaliste d'Abderrahim Bouabid, suivaient avec passion les prises de position de Mehdi Ben Barka, certains étaient membres du parti conservateur de l'Istiqlal, prestigieux par la stature de son leader, Allal al-Fassi, qui comptait au nombre des revendications nationalistes le retour à la langue arabe que l'administration coloniale avait remplacée par le français autant dans les administrations que dans certains enseignements. Les dimanches après-midi chez Fethi et Juliette étaient un moment de fête, le grand-père de Sara, en mélomane averti, mettait sur le phonographe un disque, et les jeunes gens se laissaient bercer par les accords de Stravinski, de Schubert, parfois de Brahms. Souvent, vers dix-sept heures, Fethi poussait la table et les chaises de la petite salle à manger ouverte sur la terrasse, et tous dansaient au rythme enlevé d'un morceau de jazz, ou de rock. Nejma, plutôt farouche, disparaissait dans la chambre qu'elle partageait avec sa sœur, et se laissait engloutir par la lecture des auteurs grecs qu'elle affectionnait, Euripide ou Sophocle, mais aussi par des écrivains modernes, comme Mauriac ou Roth ou encore Julien Green, qui portaient sur le monde un regard plein du questionnement sur le bien et le mal, la fragilité des êtres face à la tentation, la bêtise des cercles sociaux provinciaux, prompts à clouer au pilori ceux qui ne se soumettent pas aux règles étriquées qu'ils croient intangibles. Nejma a toujours été ainsi, boute-en-train soudain gagné par des accès de solitude, un besoin puissant de repli intérieur, comme un plongeur passionné de silence et de profondeur marine pressé de regagner le monde qui l'appelle, où l'attendent des trésors visibles pour lui seul. Ce qui aujourd'hui occupe Sara, c'est cette histoire de blondeur, comment Nejma a-t-elle décidé de ne plus être cette jeune femme à la repartie brillante, enfantine et spontanée, à la chevelure traversée d'éclats d'or chaud, au teint clair sous le casque noisette et miel de mèches soyeuses ? Comment est-elle devenue cette jeune femme à la chevelure presque platine, sophistiquée et plus lointaine, les yeux très clairs entourés d'un halo d'ombres anthracite, à l'image des actrices incarnant à la fois une blondeur d'enfance et une sensualité glacée et exacerbée ?

Quand Sara était enfant, la chambre de Nejma et Taieb était un territoire clos, dont son frère et elle-même ne franchissaient pas les limites sans y être invités, si rarement qu'elle ne se souvient d'aucune exception. Sara pense à l'intimité qu'elle partage avec ses fils, depuis qu'ils sont nés ; les dimanches matin sous la couette devant les aventures inénarrables de Tom et Jerry, elle riait autant qu'eux, ravis tous les trois par l'intelligence providentielle de la minuscule souris, émerveillés par ces personnages élastiques et increvables, qui rebondissaient aussitôt aplatis par les accidents les plus terribles. Le rire de Younes, solaire, éclatait comme une fanfare joyeuse, et Sara y retrouvait le goût du bonheur qu'elle croyait perdu depuis le départ brutal du père de ses fils. Salim guettait Sara du coin de l'œil, un rire silencieux le secouait, son petit corps soyeux et souple contre celui de sa mère, et Sara le chatouillait jusqu'à faire jaillir un rire doux comme le miaulement d'un chaton. Aujourd'hui encore, ses fils adolescents surgissent au petit matin dans sa chambre, leur énergie joyeuse envahit les lieux, c'est une fête de baisers et de câlins avant d'entamer la journée qui les sépare pour quelques heures ; dans cette intimité festive et tendre, Sara réinvente l'enfance, abolit les barrières qui rendent le monde des adultes si lointain et inaccessible ; parfois, elle pense que c'est parce qu'elle vit seule que ce partage est possible, mais autour d'elle les familles ont inventé cette proximité qui dissout l'autorité, au moins partiellement, au profit de l'intimité avec les enfants. Sans doute une conséquence de la modification subtile des repères intimes, marquée par l'abolition d'une forme de crainte dans les rapports des parents avec leur progéniture. Rassemblées à l'occasion des déjeuners familiaux, Sara et certaines de ses cousines, Leila, Siham, Bouchra et les autres évoquent en riant la toute-puissance de leurs enfants, leurs propres difficultés à trouver leur place de chef de famille, d'autant que plus de la moitié d'entre elles ont divorcé.

Est-ce un hasard ? Sara sourit pour elle-même, les hommes de la famille observent avec une distance inquiète ces femmes, leurs filles, leurs sœurs, leurs nièces, leurs cousines qui évoluent sans homme à leur côté, construisant patiemment de nouvelles règles du jeu, devenues solitaires par nécessité, puis par goût profond de leur indépendance, et surtout de celle de leurs enfants rois. C'est toute la puissance d'un monde féminin jusque-là soigneusement contenu qui émerge, femmes seules dans un monde conçu par les hommes, qui peu à peu inventent leur place, l'installent, bouleversant subtilement toutes les évidences qui légitimaient l'ordre ancien. Sara se souvient du fastueux mariage de la princesse Lalla Meriem, son joli visage sur toutes les photographies au côté de Hassan II, son père tout-puissant, pourtant impuissant à la protéger de son chagrin de femme lorsqu'un peu plus d'une décennie plus tard survient son divorce fracassant... Quand la cousine aînée de Sara, Bouchra, la première petite-fille de Si Mohamed et Kenza, a divorcé à son tour, la voie était ouverte, les images de la princesse solitaire étaient diffusées partout, seule au cours des cérémonies, des inaugurations, des galas de charité, menant sa vie de femme et de mère, princière, sa petite fille aux yeux verts idolâtrée par son royal grand-père, au fond si vulnérable, séparée de tout amour possible par sa lourde filiation, condamnée à rire et à pleurer seule jusqu'à la fin des temps.

Penchée sur la photographie suivante, où Nejma est assise aux côtés de son mari, sans doute une fête, la nuit est illuminée par des spots; dans le jardin où les tables d'apparat sont dressées, un orchestre est installé au milieu des arbres, le plan d'eau d'une piscine turquoise luit à l'angle de l'image, Sara regarde avec tendresse le visage de sa mère, sa chevelure blonde lissée qui brille comme une coulée d'or presque blanc dans la lumière artificielle. Nejma a peut-être trente-cinq ans, elle porte un chemisier en soie bleu électrique, sa peau dorée par le soleil d'été contraste avec la blondeur des mèches qui encadrent son visage, elle est au centre de la photographie, et pourtant une légère crispation fige ses traits délicats, à peine perceptible, parce que tout en elle respire l'éclat de la jeunesse. C'est son regard qui est ailleurs; à la même table sont assis des hommes et des femmes que Sara reconnaît sans peine, les amis de ses parents, élégants, habitués de ces festivités légèrement solennelles de la fin des années soixante-dix. Sara note les postures un peu crispées des convives, une sorte d'anxiété au cœur de la fête. Il n'y a plus la même joie insouciante sur l'image que Sara scrute, les femmes sont belles et figées, les hommes un peu alourdis. Sans doute une prise de conscience qu'une page se tourne, le Maroc rêvé des années soixante, la liberté joyeuse des jeunes intellectuels, des technocrates tourne court, Mehdi

Ben Barka a été assassiné à Paris, d'autres dirigeants de la gauche ont été poignardés, ont disparu, se sont exilés… Le grand retour de la tradition est orchestré partout, des rituels sont inventés et légitimés dans le même temps ; c'est le temps de l'allégeance, de la conformité à un ordre qui emprunte à une mise en scène féodale de la soumission, héritée des grandes cérémonies chères au maréchal Lyautey. Sara se souvient des sarcasmes de son grand-père paternel devant le faste clinquant des cérémonies officielles, si éloigné de l'éthique de la discrétion et de l'humilité des très anciennes familles de notables et de savants.

Elle fouille dans le sac et en tire un petit album en cuir vert, voilà, ce sont toutes les images plus officielles de cette période, elle tourne les pages : les photographies sont protégées par un film de plastique transparent qui craque un peu par endroits. On y voit son père à l'occasion de cérémonies officielles, inaugurations, réunions de travail, le plus souvent sans son épouse, entouré d'hommes. Parfois Nejma est là, ses cheveux blonds lissés attachés à présent au bas de la nuque, très simple, le visage nu, excentrée. Sans doute Nejma, un temps grisée d'amour, découvrant un monde nouveau, très éloigné au fond de celui de Fethi et Juliette, commence-t-elle à ce moment précis le long cheminement personnel qui la mènera aux antipodes de cette société nouvelle où les convictions, la ferveur politique sont remplacées par une fièvre de réussite matérielle, une avidité d'enrichissement fulgurant qui autorise un certain nombre d'infractions, et favorise l'ascension de nouvelles élites pragmatiques, comme un prélude au basculement qui va suivre, la lente désagrégation des élites politiques et son cortège de désillusions, de désaffection, l'amertume de ceux qui se sont battus pour un monde meilleur. Sur le cliché suivant, Sara doit avoir dix ans, son visage est tourné vers sa mère. Nejma est debout, elle porte un long manteau en agneau retourné, bohème, sa chevelure blonde est dissimulée sous un foulard en soie aux motifs sophistiqués, noué en bas de la nuque, selon les critères de la mode hippie chic des années soixante-dix. La photographie est prise au cours d'un voyage à Ifrane. Sans doute Taieb a-t-il tenu l'objectif. Nejma regarde au loin un horizon invisible. Indécise. Nejma gardera quelques années cette coiffure singulière qui met en valeur son visage fin, ses traits doux. En même temps elle renonce à farder ses yeux clairs, un repli, elle n'accompagne plus que rarement Taieb lors des invitations qui continuent d'affluer. Les années quatre-vingt consacrent l'apogée d'un système fermé, qui devient étouffant, le tout-puissant ministre de l'Intérieur qui a succédé à ses deux prédécesseurs issus des rangs de l'armée étend ses prérogatives. Plus rien n'échappe à la loi d'airain d'une monarchie autocratique, le faste accru des déplacements royaux consacre la fermeture du pays aux idéaux de liberté. En même temps, les premiers scandales éclatent, Casablanca bruisse des écarts de conduite des princes saoudiens accueillis à bras ouverts, puisant dans la manne ouverte des quartiers les plus déshérités leur lot quotidien d'adolescentes graciles offertes à leur avidité.

Sara retrouve une coupure de presse glissée au milieu des photographies familiales, on y voit des jeunes gens poursuivis par des policiers armés de matraques, mais aussi des chars déployés le long de l'avenue bordée de palmiers que la sécheresse épuisant le pays depuis deux longues années a rendus rachitiques. Les émeutes du pain, comme le titre l'article que Sara tient dans sa main, survenues au lendemain de l'augmentation brutale du prix de la farine en particulier, éclatent dans les rues à Casablanca, Fès, Marrakech, Tanger… Sara se souvient de Nejma révoltée par le ton des informations télévisées, tendue et triste, disparitions, enfermements, le basculement dans un régime politique de plomb est définitif, l'espoir déserte les cœurs ; Nejma refuse de sortir dans les soirées où continue à s'amuser la société casablancaise quelques mois après la répression violente des manifestations ; tout en elle refuse d'accepter un ordre fondé sur la toute-puissance de l'autorité policière, appuyé sur un argumentaire identitaire si fermé que toute contestation, tout écart à une norme étroite est le signe de l'altérité, Sara le comprend aujourd'hui… Comment accepter l'enfermement quand on vient d'un amour fondé sur la transgression, le défi ouvert, l'acceptation intérieure de la puissance des sentiments et de la rencontre qui bouleverse, transforme une vie ?

Un temps pour fêter

Chaque année, Juliette évidait de ses longues mains aux ongles ovales, assistée de Malika, membre à part entière de la famille, les boyaux du mouton à peine égorgé, avant de laver les intestins au gros sel, de les frotter jusqu'à ce qu'ils deviennent d'une blancheur neigeuse, afin de préparer la douara chère à ses gendres. Fethi n'a jamais pu égorger le mouton lui-même, un assassinat disait-il tout en perpétuant la tradition ; il se levait dès le matin à l'aube pour attendre le boucher préposé à la mise à mort de l'animal. Sara, Ghali, Jad et Mya, et plus tard Maria, passaient en général la nuit précédant l'Aïd chez Fethi et Juliette, tendus jusqu'à l'aube, les oreilles bouchées, pleins de pitié pour la bête blanche et cornue qui, sentant sans doute sa fin proche, bêlait lamentablement à la levée du jour. Ils retrouvaient leur grand-père dans le séjour éclairé par les rayons du soleil naissant, guettant le moment retransmis à la télévision où le roi égorgeait le premier son propre mouton une fois la prière de l'Aïd achevée, donnant le signal de l'ensanglantement collectif. Le plus souvent, Nejma et Taieb venus de Casablanca embarquaient Sara et Ghali pour se rendre à Fès, chez les grands-parents paternels de Sara, afin de passer le premier jour de la fête avec eux. Sara adorait retrouver dans la maison de Kenza et Si Mohamed, où s'affairaient ses tantes paternelles, tous ses cousins venus de Casablanca et Rabat, ceux résidant à Fès, dans une atmosphère de fête. La demeure pleine de rires résonnait des accords de l'orchestre de musique arabo-andalouse dont son grand-père était féru, immanquablement diffusé à la télévision, l'unique chaîne qui existait alors uniformisant dans tous les foyers les accents de la fête. Le grand-père paternel de Sara demandait des nouvelles de Fethi et Juliette, avant les échanges téléphoniques destinés à se souhaiter mutuellement bonne fête. La voix sonore de Juliette résonnait au téléphone, écorchant les prénoms de tous, mais qui s'en souciait… Deux ou trois jours plus tard, Taieb et Nejma entamaient le trajet du retour, marqué par un arrêt à Rabat, où Sara et Ghali retrouvaient Jad, Mya et plus tard Maria. Juliette, toute sa famille réunie autour de la table à manger, mettait un point d'honneur à servir la douara, tandis que ses gendres rieurs réclamaient une blanquette de veau ou un canard à l'orange, selon le rituel des déjeuners dominicaux dans la maison de Fethi.

Mais Juliette avait aussi sa fête, devenue le moment de ralliement familial le plus solennel de l'année, un présent de Fethi à la femme qui avait si complètement endossé son univers, sans un regard en arrière. C'était lui qui choisissait chaque année le plus bel arbre du marché de la place Piétri, le ramenait hissé sur le toit de la voiture, avant d'aider Juliette à y accrocher les boules transparentes et colorées, les guirlandes scintillantes, les santons rieurs et enfin l'étoile qui faisaient battre le cœur de leurs petits-enfants émerveillés, dans une attente pleine d'excitation ; c'est encore Fethi qui le lendemain du repas du réveillon, dont Juliette gérait le déroulement comme un stratège occupé à mener une bataille, se levait à l'aube le sourire aux lèvres pour ouvrir d'un geste théâtral la double porte du séjour fermée à clef, autorisant enfin les enfants à se ruer sur les présents choisis avec amour, dans un désordre bruyant de papiers festifs arrachés, de rubans jetés, de ficelles soyeuses rompues... Sara se souvient de ce matin de Noël où elle a découvert, le souffle coupé, une édition limitée de l'*Iliade*, illustrée de gravures d'une étrange beauté. Fethi observait le bonheur éclos dans les prunelles de sa petite-fille, une joie intense sur le visage, et Sara a senti ce jour-là la puissance du plaisir que son grand-père avait à lui faire plaisir, mais aussi à l'initier à ce regard sur une Méditerranée partagée, "nous sommes tous grecs, disait-il en riant, un comble pour un Turc comme moi", rappelant ainsi les origines ottomanes de sa lignée. Plus tard, il offrira à Sara les volumes de *La Méditerranée* de Fernand Braudel, les textes de Jacques Berque, ouvrant en elle un cheminement singulier, un ancrage si étoilé que plus aucune frontière ne pourra la contenir. Toujours Fethi a choisi d'aimer les humains, racontant pourtant à Sara comment il avait été torturé pendant la guerre d'Algérie, "je résistais en me récitant les vers du *Cimetière marin* de Valéry", précisait-il. C'est peut-être cet héritage qui a conduit Sara à choisir d'accompagner les enfants vulnérables dans la construction de leur histoire, dans une tentative à chaque fois totalement engageante pour leur permettre d'accueillir leur propre complexité, irréductible et mouvante.

Il y avait chez Si Mohamed une curiosité bienveillante pour cette fête de Noël si ritualisée chez Fethi et Juliette, dont les enfants revenaient couverts de cadeaux splendides acheminés en même temps qu'eux lors de la transhumance des vacances hivernales équitablement partagées en deux entre les parents de Nejma et ceux de Taieb. L'arrivée de Sara et Ghali à Fès, la voiture pleine des cadeaux reçus lors du séjour enchanté chez leurs grands-parents maternels suscitait l'excitation de tous les cousins pour qui cette fête restait une évocation lointaine. Si Mohamed examinait avec attention le précieux chargement, feuilletait les livres illustrés de Sara; immanquablement, il appelait le jeune homme qui le conduisait lors de ses déplacements dans la ville nouvelle, et accompagné de sa petite-fille, se dirigeait vers la plus belle librairie de Fès où il la laissait libre de choisir les ouvrages dont les illustrations ou les titres la faisaient rêver; ensuite, ils s'engageaient tous deux vers une boutique de poupées et de camions, et Sara choisissait parmi les petites créatures de celluloïd rose un nouveau-né joufflu, et toute une famille d'enfants blonds et roses pour ses cousines, sous le regard bienveillant de son grand-père; c'est ainsi qu'au Noël cérémoniel et magique de Juliette, succédaient les gâteries de Si Mohamed, et Sara quittait le magasin la main dans celle de son grand-père magicien, la voiture chargée de tous les cadeaux compensatoires de ses cousins, comme une poussière d'étoiles tombée du sapin de Fethi et Juliette, et qui scintillait dans le sillage de la voiture jusqu'à l'arrivée triomphale dans la maison de Fès traversée des éclats de voix de ses tantes affairées autour du déjeuner; un enfant pleure, un chat miaule, le commentaire fiévreux d'un match de l'équipe de football de Fès, le MAS, s'échappe du transistor collé contre l'oreille d'un des gendres de Si Mohamed, et soudain le cercle des enfants arrachant les ficelles qui brillent, découvrant les poupons aux yeux bleus frangés de cils improbables, enfin les jeux peuvent commencer, "tu serais la maîtresse et nous les mamans", les voitures de pompiers télécommandées déboulent toutes sirènes hurlantes, les cousins envahissent la salle de classe des poupées, une dispute éclate entre garçons et filles, une des tantes de Sara surgit, "un mot de plus et tout est confisqué", soudain solidaires les enfants regagnent le jardin et reprennent leurs jeux animés à l'abri des arbres chargés d'oranges sucrées.

Sur la photographie suivante, Sara a quatorze ans. Elle est assise à l'ombre des oliviers de la maison à Fès. Derrière elle, la frondaison des arbres argentés, et les corolles minuscules des jasmins entrelacés à la glycine violette dont les grappes pendent comme des goussets brodés. Assis à ses côtés, son grand-père a la main posée sur celle de sa petite-fille. Sara se souvient encore de la sensation de la paume de Si Mohamed sur le dos de sa main à elle, aux doigts longs et minces, un peu sèche ; celle de son grand-père, plus carrée, plus pleine, est d'une étonnante douceur, et le contact tiède apaise son cœur d'adolescente prompt à la peine. En arrière-plan de la photographie, des tables sont dressées dans le jardin, et la blancheur des nappes est presque aveuglante sur le cliché que Sara tient entre ses doigts. Une fête… Le tout jeune cousin de Sara, dernier né du frère cadet de son père, a été circoncis tôt le matin. La photographie suivante, que Sara a délicatement décollée de celle qui précède, a été prise durant la cérémonie. On y voit au premier plan l'officiant penché sur l'enfant dont le visage levé vers le ciel exprime la surprise. Tout proche du petit Kamal, Si Mohamed se tient à côté du hajjem, droit, le visage soucieux, et autour, en cafetans d'apparat de soie légère, les bras ornés de bracelets, les tantes paternelles de Sara, les cousines, mais aussi le père et les oncles de Sara ; hormis les parents de Kamal, tous sont présents. Kamal a été "volé" à ses parents très tôt le matin et, selon la tradition familiale, circoncis en leur absence. C'est Si Mohamed qui a organisé avec l'accord de son fils, prévenu seulement de l'imminence de l'événement, mais non de sa date précise, le rapt de l'enfant, sa mère maintenue dans une ignorance complète de ce qui va suivre selon la tradition familiale. Les vêtements cérémoniels de Kamal ont été préparés par Lalla Kenza et ses filles, le sarouel blanc brodé, le tchamir en voile de coton, le jabador en velours aux ornements de fil d'or, les chaussettes blanches en fil d'Écosse le plus fin et les minuscules babouches jaunes. Sara cherche dans le grand sac, elle veut retrouver les photographies de la circoncision de son frère, sans doute enfouies au fond, parmi les plus anciens clichés ; elle se souvient avoir subtilisé dans la boîte en nacre de Taieb et Nejma deux photographies de l'événement... Ghali a trois ans, son petit visage est méconnaissable sous le tarbouche en velours brodé, il tient la main de sa sœur ; Sara a quatre ans et ses tantes l'ont revêtue d'un petit caftan rose sans ceinture, le frère et la sœur sont accrochés l'un à l'autre sur le cliché, on distingue au fond Si Mohamed et les oncles de Sara et Ghali. Sur le cliché qui suit, les banquettes du salon des parents de Sara sont envahies par la foule des parents souriants, Fethi est assis à la même table que Si Mohamed et les deux hommes semblent discuter ; à gauche sur la photographie, Juliette et Nejma, mais aussi sa sœur Rym et son mari, les amies de Nejma rient autour de la même table ; Ghali a été circoncis à l'aube par son grand-père paternel selon la tradition, dans le jardin de son oncle, Sara à côté de lui a vu la grimace de douleur et la larme restée prisonnière au bord de ses cils, "un homme ne pleure pas", et aussitôt les youyous de ses tantes, et le tumulte joyeux des derboukas et des tambourins pour saluer l'événement.

Sara se souvient de son frère debout les jambes un peu écartées pour ne pas souffrir, transporté dans les bras de son grand-père jusqu'à la maison de Taieb en un cortège joyeux de voitures klaxonnant dans les rues de Rabat où habitaient encore ses parents. Sur le perron, Taieb très pâle soulève son fils, et le transporte au milieu des youyous des femmes et des accents festifs de l'orchestre de musique arabo-andalouse installé dans le salon jaune.

Ce qu'il faut supprimer pour devenir un homme... Dans le bain qui les réunit tous les soirs, Sara et Ghali, une fois le petit sexe redevenu indolore, examinent ensemble minutieusement l'appendice visité par la lame du hajjem. Ce qui est certain, c'est que Ghali exprime depuis l'intervention une fierté toute neuve, et Sara face à cette gloire évidente de vétéran se trouve légèrement amoindrie. Un peu plus tard, elle accumulera sous les tricots de peau de coton blanc que Nejma fait porter à ses enfants en toutes saisons, "les courants d'air sont traîtres, même quand on croit qu'il fait chaud", des boules de coton difformes et pavanera ses seins aléatoires sous les regards moqueurs de son frère. Sara retrouve la photographie prise par son père au moment du bain dans la salle d'eau aux azulejos dorés ; Sara, les cheveux brillants relevés en un chignon dont s'échappent des mèches folles, a sept ans, elle est assise sur ses genoux sans doute, l'eau de la baignoire pourtant pleine lui arrive à la moitié du torse, un sourire éclatant illumine son visage hâlé par le soleil, une photographie de vacances, ce qui explique la présence de Taieb immortalisant ses enfants plongés dans l'eau savonneuse. Ghali flotte à côté de sa sœur, ses mains cramponnées à la baignoire lui permettent de maintenir à fleur d'eau son visage ruisselant, il remonte d'une expédition sous-marine, sur ses cheveux couleur de miel assombris un masque de plongée bleu en plastique, et dans sa main droite un tuba orange.

Un temps pour questionner

Il n'y a rien de prévu pour une femme qui supprime une partie de son utérus ; pas de cérémonie pour marquer la transformation, pas de célébration. Pas davantage pour l'avènement des petits boutons douloureux qui pointent sous les corsages de coton à la puberté ; et que dire de l'entrée dans l'ère de la disparition au moment où l'enfantement n'est plus possible, quand apparaissent les signes du vieillissement et la fin de la fécondité du corps… Ce qui est fêté toujours, c'est le moment où une femme ajoute quelqu'un à ce qu'elle est, un homme, un enfant, comme si le fait d'être ne suffisait pas à la célébration. Sara suspend son geste, elle retient son souffle. Elle se souvient de Lalla Kenza revenant de La Mecque, entourée de ses filles, seule, Taieb l'appelait affectueusement au téléphone, mais depuis le décès de Si Mohamed, ses retours ne sont plus fêtés comme auparavant, quand tous les enfants se retrouvaient pour accueillir leurs parents de retour du pèlerinage. Elle revenait entourée de ses filles, et son amertume s'exprimait dans des formules séculaires qui disaient son dédain d'une existence où sa place était amoindrie : "Je suis fatiguée de ce monde, mais ce monde n'est pas encore fatigué de moi." Lalla Kenza a enfanté treize fois, Sara se souvient de ce geste de sa grand-mère, levant ses belles mains dans un geste de résignation, tant d'enfants mis au monde et tant d'enfants perdus...

Comme elle se souvient de l'impatience de Nejma houspillant ses enfants pour vite en finir avec les obligations de tous ordres, le marché de légumes et de fruits quotidien, les menus à organiser, les devoirs scolaires à surveiller, chaque jour vérifier les mains lavées, les corps astiqués, les ongles coupés, les cartables rangés, les vêtements préparés la veille, avec au cœur une anxiété perceptible, déversée en colères brusques, aussitôt suivies d'effusions et de câlins. Une exigence épuisante que Sara rejettera plus tard, quand devenue mère à son tour elle organisera pour ses enfants un quotidien plus fluide, où quelques règles intangibles flottent dans une atmosphère de compréhension infiniment souple. Parfois Younes et Salim protestent, complices, contre une exigence d'ordre. Souvent Sara s'interroge : comment a-t-elle eu si peur, si intensément, retenant son souffle, si appliquée à deviner les mouvements de la vie intérieure de sa mère que longtemps, elle n'a pas su vivre autrement qu'habitée ainsi par les exigences de Nejma, toujours soucieuse de ne pas déplaire à ce juge intérieur l'habitant puissamment, sévère, arbitraire, et si redoutable. C'est sans doute cette longue pratique d'anticipation, d'élucidation du cours de la vie intérieure de sa mère qui a conduit Sara à choisir avec passion ce métier d'écoute et de réparation des enfants, qui la tient attentive à ce qui pleure en eux, ce qui menace de se briser, de se tordre… Sara croit à leur réparation comme elle a cru à la sienne, frayant un chemin pour l'enfant émotive, à l'imagination débordante qu'elle était, comprenant dans une fulgurance de l'intuition les souffrances des adultes.

Ce qu'elle n'a pas compris, c'est la désagrégation lente et en apparence irréversible de ce monde si subtil qu'ils portaient en eux; cet alliage largement partagé des vestiges vivants de l'Andalousie transportée comme un précieux bagage jusque dans les dédales et les entrelacs des ruelles de la très ancienne ville de Fès, mais aussi ce creuset où les ruptures de l'aventure coloniale ont fait émerger une génération de jeunes nationalistes fervents, conscients de la nécessité de conquérir les savoirs européens; Sara, confrontée comme les autres à la montée puissante de nouveaux référentiels littéraux et peu sophistiqués, gère aujourd'hui les élans brusques des jeunes mères aux chevelures cachées, aux corps dissimulés dans de longues tuniques flottantes portées sur des pantalons si serrés que les genoux explosent dans les boursouflures de la chair comprimée lorsqu'elles s'assoient face à elle dans la petite pièce où elle reçoit les familles à l'hôpital d'enfants, amenant un petit garçon surexcité, ou une fillette si silencieuse que sa discrétion éclate comme une révolte puissante contre tous les ordres. Sur la photographie, Sara porte sa blouse de pédopsychiatre, à ses côtés Latéfa et Souad, elle s'en souvient comme au premier jour; la fillette est arrivée traînée par sa mère, et le regard de la jeune femme, plein de vie et de désespoir, a touché Sara au cœur. L'enfant ne s'alimente presque plus, elle ne parle plus, elle est éteinte. Latéfa raconte avec passion leur arrivée à Casablanca trois ans plus tôt, ils sont originaires de Salé, mais son mari a trouvé du travail grâce à un cousin, elle-même a obtenu sa mutation, elle est institutrice ; à Salé, ils vivaient dans la maison familiale, Souad a grandi avec sa grand-mère, ses cousines. La fillette ne regarde pas Sara pendant que sa mère parle, son petit visage entouré d'un fichu rose est pâle et fermé. Elle a douze ans, mais son corps est si menu qu'elle en paraît sept. Souad est une enfant douée, plaide la mère, elle apprend vite, comprend tout, court plus vite que ses frères. Sara observe le corps gracile légèrement replié. Le chandail révèle à peine les boutons des seins éclos, si petits que le renflement de la laine n'est perceptible que pour un regard qui s'attarde, cherche. Souad est vive malgré son attitude absente, elle croise rapidement les bras sur la poitrine. Sara lui sourit mais l'enfant baisse les paupières.

Sara se souvient sans peine de ce moment où son corps à elle s'est transformé, son torse soudain encombré par deux masses douloureuses, ses hanches arrondies, la cambrure exagérée de son dos. Sur la photo où elle est debout dans le jardin de Fethi et Juliette, elle a treize ans ; ses longs cheveux souples soulignent des traits fins, hésitant entre l'enfance et un début de détermination. Elle a l'âge de Juliette quand elle a rencontré Roméo. Devant le miroir de sa grand-mère, elle se contemplait souvent, couvrant ses lèvres à l'aide du bâton de raisin rouge framboise de Juliette aussitôt effacé d'un revers de la main, effleurant ses poignets avec le bouchon de cristal du haut flacon enfermant l'odeur majeure de son enfance, Madame Rochas, le parfum fleuri et poudré de sa grand-mère, celui des samedis alanguis dans la petite chambre aux murs couverts de livres où Nejma avant elle avait dévoré les récits de Paul Bourget et Aïcha Lemsine, celui qu'elle retrouvait mêlé aux odeurs divines qu'exhalait la petite cuisine rouge et blanche de Juliette les dimanches, quand elle mitonnait de savoureuses spécialités pour les jeunes gens affamés devenus les pères de ses petits-enfants, langoustes à l'armoricaine, rôti aux cèpes, cailles aux raisins. Juliette accueillait avec un pur bonheur ses filles et leurs jeunes époux dans sa petite maison résonnant alors des débats politiques animés par Fethi, prompt à s'enflammer ; mais aussi le parfum des effluves soyeux des foulards lumineux dont Juliette parait son cou les jours de froidure, agrémentés de la broche en or et perles rosées offerte par le père de Sara, Taieb. Elle ornait ainsi les revers de ses vestes, l'encolure d'un manteau, une élégance absolue aux yeux de Sara enchantée par les perspectives ouvertes d'une féminité chatoyante et parfumée.

Sara se souvient aussi de sa fascination quand elle accompagnait sa grand-mère dans l'univers profond du vaste salon de coiffure de l'hôtel Hilton à Rabat, où Juliette avait ses habitudes. Les odeurs de laque et de crèmes, la tiédeur de l'atmosphère réchauffée par les casques dont émergeaient les visages de femmes sublimes à ses yeux d'enfant, le crâne grossi de rouleaux colorés imprimant à leurs chevelures des ondoiements destinés à durer toute une semaine. Juliette abandonnait dans un soupir de bien-être sa tête aux soins de patientes jeunes femmes brunes, souriantes et attentives. Quand Sara arrivait avec Juliette, on s'empressait autour d'elles, et toujours la propriétaire des lieux, une longue jeune femme blonde et élégante à la chevelure brillante comme une réclame, Maud Royer, venait échanger avec Juliette quelques propos amènes. Ce n'est que plus tard que Sara a appris la solitude tragique de la dame blonde, prématurément veuve d'un époux perdu en mer, régnant de main de maître sur l'univers complexe et chargé d'enjeux des mises en plis, minivagues, et nuanciers de couleurs, où les femmes venaient affûter les armes indispensables aux sourdes guerres qu'elles menaient pour garder leur place dans leur foyer, leur famille, au travail, mais aussi pour détrôner une rivale ou conquérir de nouveaux territoires. Maud Royer racontait à Juliette dans un chuchotement les trésors de diplomatie qu'il lui fallait déployer lorsque coiffant l'épouse du général B., elle s'occupait dans le même temps d'installer la maîtresse quasi officielle du général venue narguer sa compagne légitime sur un territoire en apparence si éloigné des enjeux de pouvoir, mais au fond lieu ultime d'affrontement et d'alliances implicites entre les femmes de l'élite politique et sociale de Rabat. Juliette acquiesçait, le sourcil gauche relevé, scrutant, en même temps qu'elle écoutait avec une bienveillante distraction, une ondulation moins réussie dans sa chevelure, et Maud Royer, maniant avec dextérité épingles et fer à lisser, rectifiait la mèche rebelle tout en clôturant l'histoire connue de tous des rapports entre l'épouse et la maîtresse du général. Il y avait au fond du salon de coiffure deux tableaux, chacun recouvrant un pan de mur, qui transposaient les rituels de beauté d'une femme jeune et belle, étrange composition oscillant entre la représentation du bain de Nausicaa et une vision orientaliste des splendeurs du harem, une princesse brune aux longs cheveux déployés, coiffée par trois servantes agenouillées, tendait ses mains fines à une quatrième qui les enduisait d'un onguent contenu dans une fiole précieuse, et la scène recouverte d'un halo doré invitait les femmes alourdies par l'âge ou au contraire pleine de l'espoir frémissant des commencements à faire de ce moment dans l'espace ouaté du salon de l'hôtel Hilton l'apogée de leur propre réussite, dans une identification suggérée à la créature délicate mais puissante issue de l'imagination du peintre.

Face à la petite Souad, Sara tente d'appréhender quels rêves, quelles images accompagnent la naissance de cette jeune féminité qui se construit tant bien que mal. Elle sait que le chemin de la guérison de l'enfant est nourri des mêmes étapes que celui de la construction intime et sociale de tous les adolescents. Bien plus tard, Souad redevenue bavarde et enjouée rêvera à voix haute devant Sara, lui révélant un imaginaire où les idoles moyen-orientales, non plus Oum Kalsoum ou Fayrouz, mais des jeunes femmes à la sensualité si assumée, si exploitée dans les clips où elles se produisent que Sara en sera intimement choquée, ces stars libanaises, égyptiennes, qataries que Sara découvre alors, initiée par Souad, s'exhibent en concert presque comme des poupées gonflables, longues crinières brillantes, lèvres pulpeuses, corps aux courbes voluptueuses que rien ne dissimule vraiment, intonations susurrantes, et sont puissantes, adulées et riches, à l'opposé de l'idéologie religieuse obscure que les médias occidentaux dévoilent comme le référentiel unique de la représentation des femmes dans une partie du monde si mal connue d'eux. C'est cette complexité qui tend les constructions intimes à la limite de la déchirure que Sara explore, ravaude, raccommode, tissant avec les adolescentes malmenées des fils d'Ariane ténus qui rendent possible la cohabitation d'injonctions si opposées qu'elles sont parfois inacceptables en bloc pour les enfants qui cherchent un chemin pour se construire. Sara se souvient de débats réunissant les spécialistes à Paris, dressés contre les représentations décharnées offertes à l'imaginaire des adolescentes européennes, mannequins à la maigreur effrayante défilant avec désinvolture sur les podiums, exhibant avec une nonchalance étudiée des corps portemanteaux, squelettiques. Toujours le corps des femmes est un enjeu de pouvoir, de représentation et de plaisir.

Quand Juliette et Sara franchissaient le seuil de la maison, de retour le samedi après la halte réparatrice chez Maud Royer et un passage par la pâtisserie de l'avenue Mohamed-V, La Petite Duchesse, Fethi accueillait inévitablement sa femme avec une exclamation éloquente – et Juliette faisait alors "son entrée" comme une véritable diva, immobilisée sur le seuil de la porte dans l'attente de l'approbation de son époux dont la bienveillante admiration lui était acquise pour toujours.

Et un temps pour pleurer

Sara se penche sur un cliché moins ancien, son grand-père semble la regarder, confortablement installé dans cette petite chambre claire de la clinique où il a été accueilli quelques mois avant sa mort. Son regard d'une intelligente bonté passe au-dessus des loupes perchées sur son nez. Un fouillis de journaux, tous lus attentivement, est posé sur la table de nuit, un quotidien est déployé devant lui, un vase contenant des fleurs fraîchement coupées par Juliette dans le jardin diffuse un éclat heureux dans la chambre où la présence de la maladie semble reculer devant l'atmosphère familière composée par le pyjama à rayures si élégant de Fethi, le flacon d'eau de Cologne Van Cleef & Arpels, les tasses en porcelaine délicate pour le thé, un petit coran recouvert de cuir vieilli, un peu corné à force d'avoir été feuilleté, un jeu de clefs, le réveille-matin et le petit poste radio qui ne le quitte jamais. Il est là, presque rayonnant, et les yeux embués, Sara écoute la puissance d'un chagrin qui la submerge, tout un monde disparu, les fous rires dans la maison pleine d'amour, les chouquettes fraîches au petit-déjeuner, les discussions passionnées pour déterminer qui de Hugo ou Valéry est le plus digne de la postérité, Fethi militant passionnément pour l'esthétique précieuse du *Cimetière marin*.

Sur le cliché suivant, Juliette est assise à côté de Fethi, ses cheveux sont coiffés avec soin, elle est vêtue d'une blouse élégante et d'une jupe droite en tweed, ses épaules recouvertes d'un gilet en cachemire ivoire offert par l'une de ses filles. Fethi esquisse un sourire rassurant, le regard de Juliette, très bleu, vacille un peu, mais elle se tient droite et sa belle main déformée par l'arthrose lisse machinalement le drap que son époux a légèrement repoussé. Sur le bord extrême du lit de son grand-père, Sara a déposé Salim qui fixe l'objectif ; une fossette creuse son menton menu et ses petites jambes encore charnues, des jambes de bébé, froissent le drap qui recouvre les pieds de son arrière-grand-père. Younes est dans les bras de Sara, il n'apparaît pas sur la photographie prise par Rym, consciente de fixer les dernières images de son père, comblant dans un effort vain la vacuité qu'elle anticipe et conjure en même temps. Comment ressentir la perte infinie pour eux tous occasionnée par la disparition de Fethi quand il emplit encore l'espace de sa présence solaire, généreuse et enfantine, "rien de grave, dis ?" Lui si intuitif, qui sait déjà et demande à ne pas savoir, "tout va bien, dans quelques jours nous serons à la maison", répond Juliette, ravagée et droite, penchée sur le gouffre avec incrédulité.

Les dernières semaines, Fethi est rentré chez lui, dans la belle maison qu'il a aménagée avec Juliette tout au long d'une vie de partage si évident qu'il était difficile pour leurs petits-enfants de voir l'un sans imaginer l'autre, au moment même où les branches graciles du prunier face à la fenêtre de sa chambre se couvraient de fleurs délicates, d'un blanc rosé… Nejma et Rym se sont installées chez leurs parents, recréant pour leur père cette cellule familiale que leurs mariages avaient transformée plus de trente ans auparavant. De nouveaux rituels se sont mis en place, réduisant l'espace de la maison à la chambre de Fethi, sa salle de bains… Certains jours, Juliette aidée de Rym le transportait sur la terrasse ou dans le séjour, et tous fêtaient, une joie désolée au cœur, ces moments de trêve où sa voix profonde résonnait comme une cloche de rappel, inscrivant dans un présent effiloché la trame des jours de bonheur que tous savaient révolus.

Sara pleure à présent sans retenue devant ce cliché où elle est surprise assise sur le perron ensoleillé de la maison de ses grands-parents, ses deux enfants si jeunes jouent à ses pieds, mais qui l'a photographiée ainsi ? Le corps de Fethi a quitté la maison au milieu des prières et des larmes, accompagné de ses gendres, de ses petits-fils, des familles alliées, un cortège de chagrin, Juliette est si affectée qu'elle ne répond presque pas à ceux qui défilent pour lui présenter leurs condoléances, Nejma est assise, menue, perdue dans sa djellaba, et Sara sent la violence de cette perte pour sa mère. Jad ne parle plus. Rym pleure, un chagrin interminable, qu'elle transportera jusqu'à l'apaisement des années durant, arrosant avec tendresse la tombe de son père, arrachant les mauvaises herbes tous les vendredis, dans le cimetière marin où Fethi a été enterré contre toute attente, tant les places y sont devenues rares.

"Ô papi", pleure Sara plus de dix ans après, récitant dans un sanglot les vers ressassés, encore et encore : *Ce toit tranquille, où marchent les colombes, / Entre les pins palpite, entre les tombes ; / Midi le juste y compose de feux / la mer, la mer toujours recommencée /*

Ô récompense après une pensée / Qu'un long regard sur le calme des dieux!

Devenir

Sara a trouvé une photographie en couleur, prise quelques mois après la disparition de Fethi. Juliette est assise à ses côtés sur la terrasse de la maison de plage que Sara a louée pour ses enfants l'espace de l'été qui a suivi la mort de Fethi. Juliette est légèrement appuyée contre sa petite-fille, dont le maillot kaki est recouvert d'une tunique perlée en voile de coton blanc. Sara tient Younes dans les bras, les enfants ont trois ans. Dans l'angle de la terrasse, une grande piscine gonflable en plastique turquoise est remplie d'eau claire, posée à même le sol face à l'océan, séparée de la plage de sable doré par un petit muret qui cependant ne dissimule pas la majesté des flots grossis par la marée. Salim est dans l'eau, il jubile et agrippe les bords de la piscine qui glissent sous ses doigts si petits, ses bras, ornés de brassards jaunes dont Sara vérifie anxieusement toutes les heures qu'ils sont toujours volumineux, battent l'eau, et des gouttelettes lumineuses s'élèvent pour se dissoudre dans la chaleur de ce début de mois d'août. L'image suivante la montre paisiblement allongée sur le canapé de terrasse blanc, Juliette tient à la main une tasse de thé, ses yeux clairs contemplent sans le voir l'océan dont le ressac berce sa peine toujours vive. Quand cesse-t-on de pleurer ce qui n'est plus? Sara s'étonne de son visage empreint de douceur sur la photographie, elle a les yeux clos, la tête contre le genou de sa grand-mère, malgré la tristesse du regard de Juliette, l'instant immortalisé est empreint d'une profonde sérénité ; deux femmes face à la mer, l'une plus âgée, unies par un lien d'amour, et deux jeunes enfants joyeux qui jouent à leurs côtés, une scène vieille comme le monde, aussi profonde que l'immensité de l'océan auxquelles elles font face, aussi lumineuse que cette chaude journée d'été où la clémence de la brise marine caresse la clarté d'un après-midi d'août. Que deviennent nos peines ? Dans le cœur de Juliette, des chagrins, certains très anciens, d'autres si récents, Juliette âgée en deuil de sa vie depuis la mort de Fethi, Juliette orpheline pleurant sa mère tôt disparue dans la maison familiale soudain assombrie, Juliette en fleur assistant foudroyée à la mort de son père au cours d'un paisible déjeuner familial, Juliette affrontant la ville de Tlemcen bruissant du scandale de son amour interdit... Mais aussi Sara aux abois malgré son frais visage pas encore marqué par les peines, comment construire seule ce qu'on a commencé accompagnée ? Que faut-il perdre, encore et encore, avant de se résigner à vivre en acceptant l'ordre des choses, qui si profondément échappe ?

Sur le dernier cliché, ils sont tous réunis, les vivants, pour les quatre-vingt-quinze ans de Juliette ; dans la maison de Fethi, plus de dix ans après sa mort, ils sont rassemblés sous le cyprès au tronc énorme dont les frondaisons vertes éclaboussent la blancheur lunaire de la terrasse en juillet. Mya a étendu sur la pelouse des tapis de laine sèche, et de moelleux coussins de lin blancs. Elle est allongée le visage levé vers le ciel, sa robe corail en corolle autour de ses fines chevilles. Où est passée la petite fille aux grands yeux, aux collants en tirebouchon de la première photographie tirée du grand sac de toile ? À ses côtés ses filles, Lilia et Malika, longues adolescentes éclatantes. Elles rient de leur frère qui gît dans l'herbe agrippé au ballon que Salim et Younes lui arrachent dans un combat fraternel. Assise les genoux repliés sous le menton, Sara lève un visage que ne dissimule plus le rideau brillant de sa chevelure, coupée court, dévoilant le cou gracile et les cernes bleutés sous les prunelles larges. Elle est un peu émaciée après sa dernière chimiothérapie, mais un sourire relève les coins de la bouche où subsiste une rondeur têtue d'enfance. Nejma et Rym sont assises plus loin, près de Juliette, autour de la table de fête couverte de pâtisseries et de boissons fraîches. Les deux sœurs sont entourées de leurs époux respectifs, devenus des hommes âgés, Jad est pris en flagrant délit de gourmandise, ses yeux sérieux sont illuminés par le rire, un point de crème sur le menton, et Ghali, dont les cheveux châtains jusqu'à l'année passée sont aujourd'hui poivre et sel, est occupé à répondre aux innombrables messages dont l'assaillent ses collaborateurs, en ce dimanche de fête. Sur le tapis, appuyée contre Sara, il y a sa nièce, dont les mains sont occupées par une tablette où défilent des images envoyées par ses amis virtuels aux quatre coins du monde. Il y a ceux qui ne reviendront plus, emportés *dans le dos noir du temps*, et ceux qui sont ailleurs, qui reviendront bientôt, les enfants partis étudier loin, à Paris ou Londres, l'épouse de Ghali en voyage, celle de Jad auprès de sa mère malade. Mais là, dans ce jardin où les herbes se souviennent de leurs petites jambes dodues, où les escargots ont la nostalgie des courses folles dans les allées, ils sont tous là, et autour d'eux il y a ceux qui les ont aimés toujours, et ceux qu'ils aimeront, toujours. C'est un moment béni, pour ceux qui sont vivants, jusqu'à ce que la nuit les disperse.

OUVRAGE RÉALISÉ
PAR L'ATELIER GRAPHIQUE ACTES SUD
REPRODUIT ET ACHEVÉ D'IMPRIMER
EN FÉVRIER 2017
PAR NORMANDIE ROTO IMPRESSION S.A.S.
À LONRAI
POUR LE COMPTE DES ÉDITIONS
ACTES SUD
LE MÉJAN
PLACE NINA-BERBEROVA
13200 ARLES

DÉPÔT LÉGAL
1re ÉDITION : MARS 2017
N° d'impression : 1700161
(Imprimé en France)